Letzten Donnerstag
habe ich die Welt gerettet

© privat

Antje Herden, 1971 geboren, schreibt Romane und Kurzgeschichten, Reportagen für Stadtmagazine und seit 2010 hauptsächlich Kinderbücher. Am liebsten reist sie durch die Welt. Antje Herden arbeitet und lebt mit ihren beiden Kindern in Darmstadt.

Antje Herden

Letzten Donnerstag habe ich die Welt gerettet

Mit Bildern von Eva Schöffmann-Davidov

CARLSEN

Für Aaron, den großartigsten Kritiker,
und Rufus, den allerbesten Hapkido-Lehrer

MIX
Papier aus verantwortungsvollen Quellen
FSC® C083411

Veröffentlicht im Carlsen Verlag
August 2016
Mit freundlicher Genehmigung des Tulipan Verlages

Umschlaggestaltung: formlabor
Corporate Design Taschenbuch: bell étage
Druck und Bindung: CPI books GmbH, Leck
ISBN 978-3-551-31484-0
Printed in Germany

Sandro, die Prinzessin und ich

Letzten Donnerstag habe ich die Welt gerettet. So ein Quatsch, denkt ihr nun vielleicht. Ehrlich gesagt, hat es sich auch ganz anders angefühlt, als es klingt, wenn ich es jetzt aufschreibe. Außerdem habe ich die Welt nicht alleine gerettet. Wir waren zu dritt – Sandro, die Prinzessin und ich.

Mich kennt ihr vielleicht. Ich sitze im Klassenraum ganz hinten links an der Wand. Der Stuhl neben mir ist frei. Aber das finde ich nicht schlimm. Ich trage eine Brille mit dicken Gläsern auf der Nase. Manche sagen, eigentlich trägt die Brille mich, weil sie angeblich größer ist als ich. Das ist natürlich Unsinn. So klein bin ich nun auch wieder nicht. Obwohl ich der Kleinste in der Klasse bin.

Ich habe jeden Tag eine Mütze auf. Samstags rasiert Papa uns beiden nämlich mit so einem elektrischen Scherdingsbums den Kopf. Damit wir nicht frieren, hat Oma uns Mützen gestrickt. Frau Müller sagt, in der Klasse muss ich meine Mütze absetzen. Das sei sonst unhöflich. Dabei ist meine Mütze gar nicht größer als Frau Müllers Frisur, die wie ein mächtiger Helm aussieht. Ich finde es jedenfalls nicht unhöflich, dass Frau Müller ihre Frisur nicht abnimmt, wenn sie unseren Klassenraum betritt. Aber das sage ich natürlich nicht, denn Frau Müller ist meine Lehrerin und eigentlich sehr nett.

Diejenigen, die mich nicht kennen, rufen mir manchmal blöde Sachen hinterher. Dass ich doof bin zum Beispiel. Weil ich eine Brille trage und ein Hemd und Hosen mit gebügelten Falten. Ich verstehe zwar nicht, warum ich doof sein soll, wenn meine Hose gebügelte Falten hat. Ich habe Oma trotzdem irgendwann einmal gesagt, dass ich es einfacher hätte, wenn sie mir eine Jeans und ein Sweatshirt kaufen würde. Aber Oma hat geantwortet, dass sie es einfacher hätte, wenn sie Papa und mir beim Herrenausstatter dieselben Kleidungsstücke in verschiedenen Größen besorgen würde. Sie hätte keine Zeit für diesen neumodischen Kram. Dass der Herrenausstatter dieselben Hemden und Hosen in Papas und auch in meiner Größe verkauft, das finde ich schon erstaunlich. Noch erstaunlicher ist allerdings, dass Papa sich nicht bei Oma beschwert. Ihm können die Klamotten doch auch nicht wirklich gefallen.

Wie ihr sicher schon gemerkt habt, bin ich nicht unbedingt ein Schwarm so wie Johannes, den alle Mädchen mit Klimperaugen anschauen. Meistens gehe ich nach der Schule alleine nach Hause. Zumindest war das bis vor fünf Wochen noch so. Inzwischen ist alles anders. Aber ich will lieber der Reihe nach erzählen.

In der Schule habe ich keine Probleme. Es fällt mir nicht schwer, mir die Sachen zu merken, die ich höre oder lese. Aber meistens purzeln Millionen Gedanken durch meinen Kopf. Darum gibt es da drinnen manchmal einfach keinen Platz für andere Dinge. Dann passiert es mir, dass ich nicht verstehe, was man mir sagt oder was man von mir möchte. Vielleicht finden manche mich deswegen doof. Aber ich wusste immer, dass ich irgendwann einmal einen richtig tollen Freund finden würde. Dass es zwei sein und wir zusammen die Welt retten würden, das habe ich natürlich nicht geahnt.

Jetzt hätte ich beinahe schon wieder zu viel verraten. Es ist wirklich schwer, eine Geschichte der Reihe nach zu erzählen, wenn man das Ende schon kennt.

Wenn ich nach der Schule nach Hause komme, esse ich mit Oma zu Mittag. Sie fragt mich immer, was wir im Unterricht gemacht haben. Wenn ich es dann erzählen möchte, winkt sie ab und sagt: »Ach, lass nur, das verstehe ich sowieso nicht.« Dabei ist Oma kein bisschen dumm.

Mama ist nicht oft zuhause, weil sie Archäologin ist und überall in der Welt nach den versunkenen Schätzen ausgestorbener Völker gräbt. Manchmal ist sie monatelang irgendwo in der Wüste oder im Dschungel auf Expedition. Ich vermisse sie dann ganz fürchterlich, aber ich finde ihren Beruf cool. Wenn sie von ihren langen Reisen wieder nach Hause kommt, zeigt sie uns Bilder von bröckligen Steinen, dreckigen Scherben und staubigen Knochenstückchen. Man könnte denken, das sei alles bloß Müll. Dabei sind das wertvolle Überreste längst untergegangener Kulturen und Mama weiß die spannendsten Geschichten über sie zu erzählen.

Jedenfalls führt Oma bei uns den Haushalt. Papa könnte das nie. Er sitzt den ganzen Tag vorm Computer und erfindet neue Programme. Aber in der Küche lässt er das Kaffeewasser anbrennen, wenn ihr versteht, was ich meine. Wenn Oma ihm nicht morgens eine Hose, ein Hemd, frische Socken und eine Unterhose hinlegen würde, liefe er bestimmt den ganzen Tag im Pyjama rum. Na, mir wäre das ja egal, aber Oma nicht.

Direkt vor Frau Müllers Tisch sitzt Sandro. Sandro ist ein bisschen hyperaktiv und hat schulterlange Haare. Darunter versteckt er sich oft wie hinter einem Vorhang. Manchmal fängt er an, den Kopf zu schütteln. Hin und her und hin und her. Mir würde davon ja ganz schwummrig werden, aber vielleicht ist es gerade das, was Sandro so gut daran gefällt.

Frau Müller mag Sandros Schüttelei nicht. Aber sie sagt nichts dazu. Ich glaube, das liegt an den tollen Sätzen. Manchmal kommen nämlich hinter dem Haarvorhang so kluge Sätze hervor, dass Frau Müller ganz komisch guckt – ein bisschen wie ein verliebtes Huhn. Obwohl ich eigentlich gar nicht weiß, wie ein verliebtes Huhn aussieht. Vielleicht wie Frau Müller, wenn Sandro unter seinen Haaren tolle Sätze sagt. So wie: »Seitdem ich die Uhr lesen kann, vergeht die Zeit viel schneller.«

Wenn Sandro sein Haar ganz normal trägt, also hinter die Ohren geklemmt oder mit einem Gummi zusammengebunden, dann stottert er. Ich glaube, darum macht er das mit den Zetteln. Denn meistens sagt er gar nichts, sondern schreibt das, was er sagen will, auf einen Zettel. Er hat immer einen Block und einen Stift dabei. Außerdem trägt er eine Kette um den Hals und daran hängen Schilder mit Sätzen, die er jeden Tag öfter sagt. Die hält er dann einfach hoch, wenn einer der Sätze gerade passt.

Jedenfalls war das vor fünf Wochen noch so. Jetzt ist alles anders. Sandro stottert nicht mehr. Warum er das nicht mehr tut, weiß ich nicht genau. Vielleicht weil wir die Welt gerettet haben oder weil wir jetzt Freunde sind.

Ich weiß, dass Sandros Mutter ganz oft zum Gespräch mit Frau Müller in die Schule kommen muss. Aber dass Frau Müller Sandro das Wackeln unter seinen Haaren nicht verbietet, liegt wohl eher an den tollen Sätzen als an den Muttergesprächen. Eigentlich heißt es ja Elterngespräche. Aber Sandro hat keinen Vater. Natürlich gibt es irgendwo einen Mann, der sein Vater ist, sonst gäbe es ja Sandro nicht. Aber Sandro hat keinen richtigen Papa. Auch keinen für jedes zweite Wochenende.

Bis vor fünf Wochen hatte ich noch nicht so viel mit Sandro zu tun. In der Klasse mögen ihn aber alle gerne. Sandro merkt nämlich immer, wenn jemand traurig oder wütend ist. Er setzt sich dann zu demjenigen und hört ihm zu. Aber einen allerbesten Freund hatte Sandro damals auch noch nicht.

Die Prinzessin heißt eigentlich Tilda und sitzt mir gegenüber. Sie hat ein etwas grünliches Gesicht, ist aber sehr schön. Sie hat lange rote Haare, die in der Sonne leuchten wie Flammen. Wenn sie lacht, tanzen die Sommersprossen auf ihrer Nasenspitze und ihre hellblauen Augen strahlen wie Sterne. Das habe ich von einem Lied, das ich mal auf Omas Radiokanal gehört habe und in dem einer sang, dass die Augen einer Frau wie zwei Sterne leuchten würden. Der Sänger hat bestimmt solche Augen wie die der Prinzessin gemeint. Die Prinzessin wird so genannt, weil sie sich wie eine Prinzessin anzieht. Sie trägt Röcke und Kleider in Rosa und Lila, die mit Rüschen und Bändern verziert sind. Ein bisschen so wie die Kissen und Deckchen, die Oma abends vor dem Fernseher häkelt.

Der Platz neben der Prinzessin ist auch frei, obwohl viele Mädchen gerne neben ihr sitzen würden. Und vielleicht auch mancher Junge. Aber die Prinzessin sitzt alleine, weil bei ihr immer alles eine ganz genaue Anordnung haben muss. Wenn sie morgens kommt, öffnet sie ihren rosa Ranzen und legt ihre Bücher und Hefte auf den Tisch, jeden Tag exakt an die gleichen Stellen. Sie ruckelt und schiebt ihre Sachen so lange hin und her, bis alles ganz genau stimmt. Ich habe mal heimlich nachgeschaut, ob sie sich Markierungen auf den Tisch gemalt hat. Hat sie aber nicht. Die Stifte in ihrem Mäppchen sind alle exakt gleich lang. Sobald sie einen Stift benutzt hat, spitzt sie ihn sofort nach und die anderen auch, damit alle wieder dieselbe Länge haben. Wenn die Prinzessin sich verschreibt, flucht sie fürchterlich.

Ach ja, mein Name ist übrigens Kurt. Ihr müsst gar nichts dazu sagen, ich weiß schon. Blöder Name. Noch blöder ist natürlich, wenn jemand Kurtchen zu mir sagt. So wie Oma es immer macht.

Wie alles begann

Ich fange die Geschichte mit dem Samstag vor fünfeinhalb Wochen an. An diesem Morgen brachten Papa, Oma und ich Mama mal wieder zum Flughafen. Sie würde die nächsten zwei Monate in Zentralamerika nach Knochen und Scherben buddeln. Das ist immer so ein trauriger Moment, wenn Mama winkend hinter der Passkontrolle verschwindet. Ich versuchte tapfer zu sein, damit sie sich nicht schlecht fühlen musste. Also wedelte ich wie verrückt mit den Armen. Ich glaube, Oma und Papa ging es genauso wie mir. Nur dass Oma nicht nur winkte, sondern auch vor sich hin grummelte. Und Papa knetete seine Mütze in den Händen. Darum konnte er natürlich nicht winken.

Bevor wir zum Flughafen gefahren waren, hatte Mama mich immer wieder umarmt und geküsst. Wie auf Vorrat. Wahrscheinlich dachte sie, dass ich dann genug davon hatte, bis sie wiederkam. Aber das funktioniert natürlich nicht.

Nachdem Mama hinter der Kontrolle verschwunden war, haben Papa, Oma und ich am Flughafen ein Eis gegessen. Dabei redeten wir kein Wort und eigentlich schmeckte das Eis auch nicht besonders gut. Aber wir machen das immer so, wenn wir Mama zum Flughafen bringen.

Als wir dann wieder im Auto saßen, sagte Papa: »Na dann, hinein in den Alltag.« Alltag ist, wenn Mama nicht zuhause ist. Dann setzt Papa sich wieder vor den Computer und entwirft neue Programme und Oma führt den Haushalt. Das macht sie mit so viel Gebrumm, Geächze und Gemurmel, dass man denken könnte, sie hat gar keinen Spaß dabei. Aber ich glaube, sie ist in Wirklichkeit froh darüber, wenn sie wieder alleine in unserer Wohnung schalten und walten kann.

An diesem Tag gingen Oma und ich als Erstes zum Bäcker. Ich trug die Tasche nach Hause. Oma nahm meine Mütze ab und fuhr mir durch die Stoppeln. »Was bist du stark, mein liebes Kurtchen«, sagte sie.

Die Tasche war gar nicht schwer, es war ja nur ein Brot darin. Aber stark bin ich trotzdem. Sehr stark sogar. Ich habe nämlich im Hapkido den blau-roten Gürtel. »Das hat in deinem Alter noch niemand geschafft«, hat mein Lehrer gesagt, als er ihn mir nach der letzten Gürtelprüfung überreicht hat. Dafür trainiere ich aber auch zwölf Stunden in der Woche. Oma hatte mich vor vier Jahren angemeldet. »So, Kurtchen«, hatte sie damals gesagt und von den Ärmeln und Beinen des schwarzen Kampfanzugs ein gutes Stück abgeschnitten, »du bist zwar klein, aber das heißt ja nicht, dass du auch schwach sein musst.«

Sie war dann doch überrascht, wie schnell ich all die Fuß-, Hand- und Falltechniken lernte. Ich glaube, Oma steht total auf asiatische Kampfsportarten. Ich habe sie mal heimlich dabei beobachtet, wie sie im Wohnzimmer seltsame Fußtritte übte, während im Fernseher ein Kung-Fu-Film lief. Das sah so lustig aus, dass ich zum Lachen schnell in mein Zimmer geflitzt bin. Als Papa noch ein Junge war, hatte er den orange-grünen Gürtel im Judo. Er musste Oma im Garten hinterm Haus immer zeigen, was er Neues im Training gelernt hatte. Oma wäre selber gerne ins Judotraining gegangen, als sie jung war. Doch das wäre damals nicht schicklich gewesen, hat mir Papa erklärt.

Nachdem wir vom Bäcker zurückgekommen waren, begann Oma in der Küche zu werkeln und ich ging in mein Zimmer. Ich hatte den Plan, meinen alten Nintendo DS so umzubauen, dass ich damit auch fernsehen konnte. Das war nämlich echt nervig an Oma: Obwohl sie selber viel fernsah, durfte ich das nicht. Also musste ich andere Mittel und Wege finden. So richtig weit kam ich jedoch nicht, denn ich musste ins Hapkido-Training. Das hätte ich an diesem Tag aber auch ausfallen lassen können. Ich konnte mich gar nicht richtig konzentrieren. Im Freikampf wurde ich viel öfter auf die Matte gelegt als sonst. Dagegen waren die 100 Liegestütze zum Abschluss eine echte Erholung.

Auf dem Heimweg dachte ich noch einmal angestrengt darüber nach, wie ich den DS neu programmieren könnte. Darum lief ich mitten in ein Pärchen hinein, das auf dem Gehweg stand und sich küsste. Als ich mich entschuldigte, hatte ich bestimmt einen tomatenroten Kopf. Doch die beiden lachten nur und ich ging schnell weiter.

»Ha… Ha… Hallo, Kurt«, hörte ich da eine Stimme aus dem Gebüsch zischeln. Dann packte mich jemand am Arm und plötzlich saß ich neben Sandro unter stachligen Ästen.

»Du solltest mich lieber nicht so erschrecken«, sagte ich und holte erst einmal tief Luft. »Ich habe nämlich den blauroten Gürtel im Hapkido. Ich hätte dir sehr wehtun können.«

»Pst«, machte Sandro und zeigte durch die Blätter auf den Mann, der die Frau nun wieder innig küsste.

»W… w… wie fin… findest du den?«, fragte er mich flüsternd.

»Keine Ahnung. Er ist einfach ein ganz normaler Mann.« Ich verstand nicht, warum wir nebeneinander im Gebüsch hocken mussten.

»Ist er eben nicht«, flüsterte Sandro. Obwohl er sehr aufgeregt war, stotterte er seltsamerweise nicht. »Er ist der neue Freund meiner Mutter. Und, wie findest du ihn?«

Für mich sah der Mann genauso aus wie jeder andere auch. Aber ich wollte Sandro nicht enttäuschen. Obwohl ich mich sehr wunderte, warum er ausgerechnet mich fragte. Aber vielleicht tat er das nur, weil ich gerade vorbeigekommen war.

»Sieht nett aus«, sagte ich.

»Nett?«, schimpfte Sandro leise neben mir. »Die Bä… Bä… Bäckersfrau ist nett und der Po… Po… Postmann. Leute, die mir e… e… egal sind, die si… sind nett. Aber der neue Freund meiner Mu… Mu… Mutter kann doch nicht einfach nur nett sein.«

»Er ist bestimmt ganz toll, ehrlich. Er liebt deine Mutter sicher sehr, kann man ja sehen. Und er mag bestimmt auch Kinder. Ganz besonders zehnjährige Jungs«, beeilte ich mich zu sagen.

»Meinst du wirklich?«, fragte Sandro zweifelnd. Er machte ein Gesicht wie Oma, als Mama ihr einmal eine Portion Sushi zum Abendessen vor die Nase gesetzt hatte.

»Klar«, sagte ich und schaute dem Paar hinterher, das Arm in Arm davonschlenderte.

Oma hatte das Sushi nicht gegessen.

Ich krabbelte aus dem Gebüsch.

Sushi ist übrigens roher Fisch mit Reis.

»Tschüss«, sagte ich und Sandro sagte auch Tschüss.

In der Nacht erwischte mich Papa, als ich heimlich unter meiner Bettdecke fernsah. Eigentlich lief gar nichts Interessantes. Nur so eine langweilige Gesprächsrunde über irgendwelche weltbekannten Bücher. Ein geheimnisvoller Professor hatte darüber geschrieben, wie man seine Kinder richtig erzieht. Geheimnisvoll war er deswegen, weil ihn noch nie ein Mensch gesehen hatte, und angeblich wusste auch niemand, wo er lebte. Das sagte jedenfalls der Moderator, als er sich dafür entschuldigte, dass der geheimnisvolle Professor nicht in die Sendung gekommen war. Der Professor und seine Bücher waren mir aber ziemlich egal. Schließlich wollte ich nur mal schauen, ob der Empfang auf dem alten DS funktionierte.

Als Papa das Gerät erkannte, schimpfte er gar nicht. Er fuhr durch meine Stoppeln, genau wie Oma. Dann sagte er: »Der Apfel fällt nicht weit vom Stamm«, und ging einfach in sein Zimmer zurück. Dass er am Abend ganz vergessen hatte, meine Haare mit dem Scherdingsbums zu schneiden, war ihm gar nicht aufgefallen.

Aber die Prinzessin bemerkte es. Am Montag vor fünf Wochen stand sie nach der ersten Stunde vor meinem Tisch. Ich war gerade damit beschäftigt, an meinem Plan für den besten Computer der Welt zu zeichnen.

»Was ist denn mit deinen Haaren los?«, fragte die Prinzessin in meine Gedanken hinein. Ich war ganz überrascht, denn die Prinzessin hatte noch nie ein Wort mit mir gesprochen. Sie hatte die Stirn gerunzelt.

»Wieso?«, fragte ich.

»Heute ist Montag. Am Montag hast du immer den Kopf frisch geschoren. Heute nicht.«

Ich hatte schon gar nicht mehr daran gedacht. Aber der Blick der Prinzessin traf mich wie ein Blitz. Es schien sogar ein bisschen in der Luft zu knistern. Da verstand ich plötzlich, dass es sie nervös machte, dass mein Kopf nicht geschoren war. So wie es sie nervös machte, wenn ihre Stifte nicht die gleiche Länge hatten.

»Mein Vater hat es vergessen«, erklärte ich ihr schnell, damit sie sich nicht länger aufregen musste.

»Aha. Sehr seltsam«, murmelte sie und wollte an ihren Platz zurückgehen. Doch sie stieß mit Sandro zusammen, der gerade durch den Klassenraum rannte. Es gab einen wilden Tumult und die beiden lagen in die Haare von Sandro und die Bänder und Röcke der Prinzessin verwickelt am Boden. Es sah aus wie eine lustige Theatervorführung. Darum mussten auch alle lachen.

»Angebranntes Bügelbrett!«, schimpfte die Prinzessin und Sandro hielt sein »Es tut mir leid«-Schild hoch.

Es dauerte eine ganze Weile, bis alle Haare wieder bei Sandro und alle Bänder bei der Prinzessin waren und jeder auf seinen Platz gehen konnte. Nur eines der rosa Bänder war abgerissen und blieb am Boden liegen. Die ganze nächste Stunde sah die Prinzessin immer wieder mit gerunzelter Stirn zwischen mir und dem rosa Band hin und her. Sie tat mir auf einmal leid. Darum meldete ich mich.

»Ja, bitte, Kurt, was gibt es?«, fragte Frau Müller und war ganz erstaunt, dass ich mich meldete.

»Darf ich bitte meine Mütze aufsetzen?«

Die anderen kicherten.

»Aber Kurt, du weißt doch, dass es unhöflich ist, einen Hut in geschlossenen Räumen zu tragen«, sagte Frau Müller und ihre große Frisur wackelte ein bisschen.

Ich hätte sagen können, dass meine Mütze kein Hut war. Und dass es außerdem ganz schön stickig war und wir die Fenster öffnen sollten und dass wir dann auch nicht mehr in einem geschlossenen Raum sitzen würden. Aber das sagte ich natürlich nicht. Mir wären auch gar nicht so viele Worte eingefallen.

»Es ist wegen der Prinzessin«, sagte ich stattdessen. »Weil meine Haare heute doch länger sind als sonst immer montags.«

Ich war mir sicher, dass Frau Müller sich ärgern oder lachen oder erstaunt sein würde. Aber Frau Müller lächelte. »Das ist sehr nett von dir, Kurt. Setze deine Mütze ruhig auf.«

Ich setzte also die Mütze auf und die Prinzessin schaute kein einziges Mal mehr zu mir herüber. Da wünschte ich, ich hätte die Mütze doch nicht aufgesetzt.

Am Abend bat ich Papa per E-Mail, meine Haare zu schneiden. Er ging dann auch gleich mit mir ins Bad und kramte das Scherdingsbums aus dem Schrank. Als ich sah, dass er nicht vergessen hatte, seinen eigenen Kopf zu scheren, da wunderte ich mich doch etwas.

Dann passierte die Sache mit meinem Hemd. Oma bügelt furchtbar gerne. Jeden Dienstag stellt sie mit viel Tamtam ein riesiges Bügelbrett mitten ins Wohnzimmer. Dann schaltet sie das Radio ein und bügelt. Dabei pfeift sie laut die Volkslieder mit, die aus dem Radio dudeln. Oma kann super pfeifen. Das ist sehr gut, denn sonst würde mir ihr Gepfeife bestimmt auf die Nerven gehen. Oma bügelt nämlich stundenlang. Darum pfeift sie auch stundenlang. Ich besitze genau sieben Hemden, für jeden Tag der Woche ein ganz bestimmtes.

An jenem Mittwoch vor fünf Wochen saß ich gerade mit Max zusammen. Ich erklärte ihm eine Rechenaufgabe: Wie viel Saft kann man aus sechs Orangen pressen, wenn eine Orange so viel Saft hat, dass man ein Glas von 150 Milliliter Größe damit füllen kann? Max stand irgendwie auf dem Schlauch und ich überlegte gerade, wo ich auf die Schnelle sechs Orangen herbekam, als die Prinzessin an meinen Tisch trat.

»Du hast dein Dienstagshemd an. Dabei ist heute Mittwoch«, unterbrach sie uns und blitzte mich mit ihren Sternenaugen an.

Natürlich wusste ich das. Am Morgen hatte ich in meinem Kleiderschrank nämlich nur sieben leere Kleiderbügel gefunden. Sonst hängen da eigentlich jeden Mittwoch sieben frisch gebügelte Hemden. Darum war ich einfach noch einmal in das Hemd vom Dienstag geschlüpft. Ich erklärte das der Prinzessin. Doch sie drehte sich wortlos um. Sie schaute nach rechts und links, und als der Weg frei war, ging sie zu ihrem Platz zurück. Max schaute zwischen uns hin und her und schüttelte verwundert den Kopf.

»Irgendwie seid ihr zwei seltsam«, sagte er.

Aber das war ja nichts Neues.

Ich war nicht der Einzige, bei dem der Prinzessin ungewöhnliche Dinge auffielen. In der Pause hörte ich sie Johannes fragen, warum er nicht wie sonst ein Siebenkörnerbrot mit Gurken und Möhrenraspeln zum Frühstück aß. Johannes' Eltern sind nämlich Vegetarier und sehr gesundheitsbewusst. Darum muss Johannes auch Vegetarier sein. Manchmal tauscht er mit mir das Frühstück, weil er es nicht immer toll findet, Vegetarier zu sein. Mir schmeckt das Brot, das ihm seine Mutter macht. Aber an jenem Mittwoch brauchte Johannes nicht zu tauschen, denn er hatte Kuchen dabei. Er erklärte der Prinzessin, dass seine Mutter ihm keine Frühstücksdose hingelegt hatte. Und darum hatte er einen Euro aus seinem Sparschwein genommen und war vor der Schule noch schnell zum Bäcker gelaufen.

Dann fragte die Prinzessin Sandro, warum er seine langen Haare nicht wie sonst gekämmt hatte. Als sie Sandros Antwortzettel las, runzelte sie die Stirn. Ich wollte gerne wissen, was Sandro geschrieben hatte. Darum fischte ich nach der Schule den Zettel aus dem Papierkorb. Das dauerte ganz schön lange, denn es lagen bestimmt 20 Stück davon drin.

Ein drei viertel Liter

stand auf einem und

Nur wenn die Sonne scheint

auf einem anderen. Auf einem Zettel las ich:

Das macht meine Mutter. Sie hat heute nicht daran gedacht.

Das war bestimmt die Antwort auf die Frage der Prinzessin.

Wahrscheinlich hätte ich die ganze Sache schnell wieder vergessen. Aber am nächsten Tag wartete die Prinzessin nach der Schule auf mich. Erst lief sie eine Weile neben mir her, ohne ein Wort zu sagen. Das war mir sehr recht, denn ich war ganz durcheinander, dass sie auf mich gewartet hatte.

»Hey Mütze, wo will denn die Brille mit dir hin?«, ulkte jemand hinter uns.

Das kannte ich zwar schon, aber vor der Prinzessin war es mir total peinlich. Doch sie schien den Witzbold gar nicht gehört zu haben. Plötzlich blieb sie stehen und hielt meine Hand fest, so dass ich auch stehen bleiben musste.

»Kurt, irgendetwas stimmt nicht«, sagte sie und guckte mich mit großen Augen an.

Ich musste erst einmal schlucken, weil die Prinzessin einfach so meine Hand genommen hatte.

»Wieso?«, fragte ich und zog meine Hand schnell aus der ihren. Leider riss ich dabei ein rosa Band von ihrem Kleid ab.

»Verfluxter Knurpselknilch!«, schimpfte die Prinzessin und wir schauten dem rosa Band hinterher, bis es um die nächste Ecke geflattert war.

»Heute Morgen waren die süßen Stückchen beim Bäcker fast ausverkauft. Und weißt du auch warum?«, fragte die Prinzessin und schaute mich böse an.

»Nein«, antwortete ich und fühlte mich ganz elend, weil ich es nicht wusste.

»Weil ganz viele Eltern vergessen haben, ihren Kindern ein Schulbrot zu schmieren. Darum! Ich habe die anderen Kinder gefragt.«

»Aha«, machte ich und verstand überhaupt nichts.

Ich gehe fast jeden Morgen zum Bäcker, weil nur Mama mir Schulbrote schmiert, und die ist ja meistens nicht da. Oma und Papa haben dafür keine Zeit, weil sie noch schlafen, wenn ich morgens losgehe. Da fiel mir ein, dass es an diesem Morgen beim Bäcker keine Nussschnecken mehr gegeben hatte. Ich hatte mir ein normales Brötchen kaufen müssen. In der Pause aßen alle Kinder Kuchen, Törtchen oder Brötchen vom Bäcker und ich hatte das Gefühl, dass sie das eigentlich ziemlich toll fanden. Auch Johannes hatte an dem Tag wieder genüsslich an einer Zuckerschnecke geknabbert.

»Findest du das nicht komisch?«, fragte die Prinzessin. »Dein Vater vergisst, dir die Haare zu schneiden. Deine Oma bügelt deine Hemden nicht. Johannes' Eltern erlauben ihrem Sohn, eine Zuckerschnecke beim Bäcker zu kaufen. Sandro kommt mit ungekämmten Haaren in die Schule. Außerdem hatte heute keiner ein Schulbrot dabei. Und meine Eltern haben seit gestern kein Wort mehr mit mir gesprochen. Als wäre ich gar nicht da. Ich sage dir, Kurt, da stimmt was nicht.«

Als sie von ihren Eltern erzählte, zitterte ihre Stimme. Sie biss sich ganz fest auf die Lippen und wurde noch ein bisschen grünlicher. Sie fing zwar nicht an zu weinen. Dafür griff sie sich den untersten ihrer Röcke und schniefte kräftig hinein. Ich fand das aber nicht eklig.

Es war also die Prinzessin, die als Erste bemerkte, dass irgendetwas nicht stimmte. Wenn ich heute darüber nachdenke, kann ich gar nicht glauben, dass die Dinge, die dann passierten, niemandem außer uns seltsam vorkamen.

Beobachtungen seltsamer Dinge

Am nächsten Tag standen die Prinzessin und ich in der Pause im Schulhof zusammen. Die Prinzessin ist einen Kopf größer als ich und es sah bestimmt lustig aus, wie wir zusammen im Hof standen. Wir taten aber so, als würden wir nicht bemerken, dass die anderen ihre Köpfe tuschelnd und kichernd zusammensteckten.

»Na, ihr beiden? Ihr habt euch doch nicht etwa ineinander verliebt?«, gluckste Max, der an uns vorbeischlenderte.

Wir versuchten, ihn nicht zu beachten. Es gab nämlich Wichtigeres zu tun. Die Prinzessin hielt einen Schreibblock in der Hand und notierte alles, was uns auffiel. Zum Beispiel, dass sich Max die ganze Zeit seine viel zu weite Hose hochziehen musste, weil er keinen Gürtel trug. Es war die Idee der Prinzessin gewesen, alles aufzuschreiben, was anders war als sonst. Sie hatte mich noch vor der ersten Stunde gefragt, ob ich ihr dabei helfen wollte. Klar wollte ich das.

Die Prinzessin riss wütend ein Blatt vom Block, weil sie sich schon wieder verschrieben hatte. »Vermurxter Riesenplatsch!«, fluchte sie laut und ich fuhr vor Schreck zusammen, obwohl sie das schon das sechste Mal sagte.

»Soll ich vielleicht lieber schreiben?«, fragte ich sie zum fünften Mal.

Aber die Prinzessin schüttelte wieder den Kopf. Also schaute ich mich weiter um und beobachtete die Kinder, die über den Schulhof tollten oder in Gruppen zusammenstanden und Geheimnisse austauschten. Man musste schon sehr genau hingucken, um Veränderungen zu sehen. Viele hatten ungewaschene Haare und schmutzige Klamotten oder rutschende Hosen wie Max oder trugen ihre T-Shirts verkehrt herum. Aber da war auch noch etwas anderes. Ich brauchte eine Weile, bis ich wusste, was es war. Doch bevor ich die richtigen Worte fand, kam die Prinzessin mir zuvor.

»Sie sind alle viel lauter und ausgelassener als sonst«, sagte sie und fing gleich an, das aufzuschreiben. Ich hoffte sehr, sie würde sich nicht verschreiben.

»Ja, irgendwie wilder«, bestätigte ich und versuchte mich unauffällig aus ihren Bändern zu befreien, in denen ich mich immer wieder verhedderte.

In dem Moment lief ein kleiner Junge aus der ersten Klasse an uns vorbei. Er trug keine Schuhe.

»Die Sache mit den Socken brauchst du nicht mehr aufzuschreiben«, sagte ich schnell zur Prinzessin, damit sie sich nicht wieder verschreiben musste. »Die meisten tragen jetzt zwei verschiedene Strümpfe.«

»Aber ohne Schuhe ist neu«, erwiderte die Prinzessin und verschrieb sich prompt. »Stinkender Affenknödel!«

Die Prinzessin konnte wirklich toll fluchen. Sie nahm sich ein neues Blatt und begann, alles noch mal ins Reine zu schreiben. Wir würden also zu spät in Frau Müllers Deutschstunde kommen. Wenigstens hatte die Prinzessin nicht ihr ganzes Mäppchen, sondern nur einen Stift mitgenommen. Wenn sie jetzt auch noch angefangen hätte zu spitzen, wären wir noch später dran gewesen.

Plötzlich stand Sandro vor uns, hüpfte auf der Stelle und wedelte wie verrückt mit einem Blatt Papier herum. Ich sah, dass es von oben bis unten vollgeschrieben war.

»Was ist das?«, fragte ich und ärgerte mich über Sandro und wie er da so vor uns herumhüpfte. Dabei wusste ich gar nicht, warum mich das ärgerte.

Sandro deutete auf die Überschrift auf seinem Blatt und da stand:

Beobachtungen seltsamer Dinge

»S… s… so e… e… etwas sch… sch… schr… schreibt ihr doch auf, oder?«, fragte er und hüpfte weiter auf der Stelle.

Ich war sehr überrascht, dass er das, was er sagen wollte, nicht auf einen Zettel schrieb.

»Woher weißt du denn, was wir beobachten?«, fragte ich. Ich wünschte mir, dass Sandro mit seinem vollgekritzelten Zettel wieder weghüpfte.

»Das ist aber lieb von dir«, sagte die Prinzessin und strahlte Sandro an.

Sandro strahlte zurück. Er war so groß wie die Prinzessin. Die beiden konnten sich genau in die strahlenden Augen schauen.

Ich verstand gar nichts mehr.

Während die Prinzessin voller Begeisterung Sandros Notizen durchlas, ärgerte ich mich. Wie oft hatte ich ihr angeboten, an ihrer Stelle zu schreiben? Und wie oft hatte sie Nein gesagt?

»Schau mal, Kurt: Dass der kleine Jan aus der Zweiten seit gestern mit einer zerbrochenen Brille herumläuft, haben wir gar nicht gesehen.«

Sandro strahlte noch mehr und hörte auf zu hopsen. Am liebsten hätte ich ihm die Zunge rausgestreckt. Aber dazu bin ich ja eigentlich schon zu groß. Na ja, auf alle Fälle zu alt. Trotzdem hatte ich in dem Moment große Lust, es zu tun. Besonders als ich sah, wie die Prinzessin Sandro anlächelte. Ich hatte Jans kaputte Brille auch gesehen, hatte es der Prinzessin aber extra nicht gesagt. Vielleicht weil meine Brille auch zerbrochen war.

»D... d... der Bä... Bä... Bäcker bestellt jetzt fü... fü... fünf Mal so viele süße Stückchen wie sonst«, erzählte Sandro.

Die Prinzessin nickte lächelnd und ich ärgerte mich noch mehr, dass Sandro seine kleinen Zettel nicht benutzte. Wieso konnte er auf einmal so prima sprechen? Das bisschen Stottern fiel ja kaum auf. Ich verstand mich überhaupt nicht mehr. Eigentlich hatte ich nichts gegen Sandro. Letztens hatten wir sogar zusammen unter einem Busch gehockt.

»Ich will nicht wissen, wo das hinführen soll«, bemerkte ich schnell, um auch irgendetwas Wichtiges zu sagen. Oma benutzte diesen Satz ganz oft und ich fand, er klang irgendwie bedeutend. Aber als die Prinzessin mich anschaute, hatte sie ihre Stirn gerunzelt. Der Satz gefiel ihr wohl nicht.

»Genau das versuchen wir ja herauszufinden«, meinte sie, wobei sie sich etwas verschnupft anhörte. Und da kam ich mir plötzlich so vor, als hätte ich etwas sehr Blödes gesagt.

»Ich meine, weil sich doch niemand mehr die Zähne putzt. Wo soll das hinführen?«, erklärte ich den beiden und war ganz unglücklich, weil sich das noch blöder anhörte.

»Wenn die Zähne faulen, dann ist die Welt aus den Fugen«, sagte Sandro jedoch und nickte unter seinem Haarvorhang. So wie er das sagte, klang es fast wie eine Weisheit. Das fand die Prinzessin wohl auch, denn ihre Sternenaugen leuchteten schon wieder, als Sandro seine Haare hinter die Ohren klemmte. Sandro hat übrigens ganz gerade, weiße Zähne, weil seine Mutter Zahnärztin ist.

»Das blonde Mädchen aus der 2b hat immer noch den alten Verband um ihre verletzte Hand gewickelt. Er ist schon ganz locker und schmuddelig«, murmelte die Prinzessin.

Wir schauten einem anderen Mädchen nach, das seine schlafende Katze wie einen Schal um den Hals trug. Dann lief die Prinzessin zu der Kleinen aus der 2b und nahm sie bei der unverletzten Hand.

»Wir gehen ins Sanitätszimmer«, rief sie uns zu.

Jetzt standen Sandro und ich ohne die Prinzessin im Schulhof.

»Wir könnten ja morgen Zahnbürsten verteilen und ein großes Schulzähneputzen veranstalten«, sagte Sandro und fing wieder an zu hüpfen.

Ich musste grinsen, weil ich die Vorstellung wirklich lustig fand. Erst dann fiel mir auf, dass er kein bisschen gestottert hatte.

Wir wollten gerade in die Schule laufen, als Johannes an uns vorbeischlurfte.

»Sa… sa… sag mal, wei… weinst du?«, fragte Sandro ihn und Johannes schüttelte seinen Kopf. Die zwei Tränen, die dabei von seinem Gesicht wegflogen, blitzten kurz in der Sonne auf.

»Quatsch, woher denn!«, sagte er und blieb stehen. Nach einer kleinen Weile murmelte er: »Mein Vater wird ein Riesentheater veranstalten, wenn er sieht, was ich in Mathe habe.«

»Was ha… hast du denn?«, fragte Sandro.

»'ne Vier! Ich bin einfach zu blöd«, schniefte Johannes.

Ich hatte zwar noch nie eine Vier bekommen und Mama, Papa und Oma würden sicher auch nie schimpfen, wenn das mal passieren würde. Aber Johannes tat mir leid. Er würde sicher zuhause Ärger bekommen, denn es war nicht seine erste schlechte Note.

Sandro legte Johannes einen Arm auf die Schulter. »Ei… ei… eine Vier ist do… do… doof, aber blö… blö… blöd bist du nicht«, sagte er.

»Das wird mein Vater aber denken«, erwiderte Johannes und es glitzerte verdächtig in seinen Augen.

Sandro griff in seine Hosentasche und gab Johannes ein Tempo. Das sah zwar nicht mehr ganz frisch aus, aber Johannes schnäuzte, ohne zu zögern, trompetend hinein. Sandro schrieb etwas auf einen Zettel und gab ihn Johannes.

»Einstein hatte eine Fünf in Mathe«, las Johannes vor. »Wer ist denn Einstein?«

Ich schluckte. Albert Einstein musste er doch kennen, oder? »E ist gleich Em Ce Quadrat«, sagte ich und Johannes guckte mich mit Augen an, die mindestens so groß waren wie meine hinter den dicken Brillengläsern.

»Diese Formel bedeutet, dass die Energie eines Körpers gleich der Masse eines Körpers mal Lichtgeschwindigkeit im

Quadrat ist«, erklärte ich. »Das heißt, dass ein klitzekleines Teilchen unglaublich viel Kraft hat, wenn es auf Lichtgeschwindigkeit beschleunigt wird.«

Johannes' Augen wurden immer größer.

»Er wa… war einfach der gen… gen… genialste Phy… Physiker aller Zeiten«, sagte Sandro und ein Lächeln stahl sich auf Johannes' Gesicht.

»Cool. Das sage ich meinem Vater. Der genialste Physiker aller Zeiten hatte eine Fünf in Mathe. Und ich habe eine Vier.«

Dann liefen wir in den Klassenraum, in dem Frau Müller mit einer Saftpresse und sechs Orangen auf uns wartete. Als ich mich setzte, drehte sich Max zu mir um und streckte grinsend die Daumen nach oben. Er war am Tag zuvor ohne Frau Müllers Saftpresse auf das richtige Ergebnis der Matheaufgabe gekommen.

Dass die Welt aus den Fugen zu geraten schien, hatte ich fast vergessen.

Aber abends zuhause wunderte ich mich, warum Oma nicht zum Abendessen rief. Dabei hatte es schon vor einer ganzen Weile sehr lecker nach gebratenem Schnitzel gerochen. Hungrig ging ich in die Küche.

»Oma, wann essen wir denn?«, fragte ich, bekam aber keine Antwort.

In der Spüle sah ich zwei benutzte Teller stehen und auf dem Herd entdeckte ich eine Pfanne, in der die Reste eines Schnitzels und drei kleine Kartoffeln lagen. Aus dem Wohnzimmer drang Fernsehlärm. Seltsam. Oma und Papa hatten einfach ohne mich gegessen. Mit einer Gabel fischte ich mir gerade die lauwarmen Reste aus der Pfanne, als Oma summend und mit einem leeren Likörgläschen in der Hand in die Küche kam.

»Oma, warum habt ihr denn ohne mich gegessen?«, fragte ich mit vollem Mund. Ich hätte schwören können, dass Oma zusammenzuckte, als sie mich sah.

»Ich habe mir die Reste genommen«, sagte ich.

Oma lächelte erleichtert, holte eine Flasche aus dem Kühlschrank, goss ihr Gläschen wieder voll und ging zurück ins Wohnzimmer. An der Tür blieb sie noch einmal kurz stehen. Sie drehte sich nach mir um und schüttelte den Kopf, als würde sie sich über etwas wundern.

›Ob Oma langsam wunderlich wird?‹, fragte ich mich und hoffte, dass es nicht so war.

Vielleicht gehörte ihr seltsames Verhalten aber auch zu den Dingen, die anders waren als sonst. Es ging also weiter. Auch bei mir zuhause.

Die Wohngemeinschaft

Am Freitag nach der Schule liefen die Prinzessin und ich zur Wäscherei und holten sechs meiner Hemden ab. Das siebte trug ich auch heute wieder. Weil seit Mittwoch ein Fleck darauf war, hatte die Prinzessin meine anderen Hemden zur Wäscherei gebracht. Erst wollte ich das nicht, aber die Prinzessin hatte darauf bestanden.

»Wenn deine Oma die Hemden nicht mehr wäscht, dann kannst du das entweder selber tun oder wir bringen sie in die Wäscherei«, hatte sie gesagt.

»Dann lieber in die Wäscherei«, hatte ich geantwortet.

Ich hoffte, dass Oma bald wieder vernünftig wurde. Am Abend vorher hatte sie mir wieder nichts zu essen gemacht.

Auch Papa hatte ich seit zwei Tagen nicht mehr gesehen. Seitdem lag meine Mathearbeit ohne seine Unterschrift auf dem Küchentisch. Schön fand ich allerdings, dass die Prinzessin nun jeden Tag etwas mit mir unternahm.

Als wir die Wäscherei betraten, unterhielt sich die Wäschereifrau gerade mit einem Mann. Unterhalten ist vielleicht nicht das richtige Wort. Sie kicherte vielmehr und lehnte sich über den Tresen, als wollte sie von dem Mann in die Arme genommen werden. Und der Mann sah so aus, als würde er das auch gleich tun.

»Haben Sie heute Zeitung gelesen? Der Williplatz soll einsturzgefährdet sein«, sagte der Mann.

»Was Sie nicht sagen«, säuselte die Frau und rutschte mit dem Ellenbogen vom Tresen. Doch bevor sie mit der Nase aufschlagen konnte, hatte der Mann sie schon aufgefangen.

»Ich glaube, ich bin auch einsturzgefährdet«, kicherte die Wäschereifrau und der Mann drückte sie fest an seine Brust.

»Entschuldigen Sie bitte«, sagte die Prinzessin.

Aber der Mann und die Wäschereifrau hörten sie nicht. Es dauerte sehr lange, bis sie uns bemerkten. Ich sagte mehrere Male laut »Guten Tag«, aber sie reagierten gar nicht. Auch als ich herumsprang und wild mit den Armen wedelte, beachteten sie mich nicht. Als ich dann aber zusammen mit einem Kleiderständer in die Fensterauslage krachte und all die sauberen Hemdenstapel durcheinanderbrachte – da schaute die Wäschereifrau mich endlich doch noch an und ich konnte meinen Abholschein abgeben. Die Prinzessin stand die ganze Zeit daneben und schrieb auf, was passierte. Leider verschrieb sie sich.

»Kistenköpfiger Seifendackel«, fluchte sie und musste noch einmal von vorn anfangen.

Darum stand ich eine ganze Weile irgendwie überflüssig in der Wäscherei herum. Die Wäschereifrau hatte sich schon wieder dem Mann zugewandt. Sie räumte nicht einmal die Fensterauslage auf. Das habe ich dann gemacht.

»Ich glaube, meine Hemden sind gar nicht sauber, sondern nur in Papier eingewickelt«, murmelte ich.

Die Wäschereifrau schien zumindest keine Zeit zum Waschen zu haben. Aber als ich an meinem Hemdenpaket roch, duftete es doch einigermaßen frisch.

Erst als die Prinzessin alles aufgeschrieben und ihre Stifte wieder auf eine Länge gespitzt hatte, verließen wir die Wäscherei.

In den Straßen unseres Viertels war ganz schön was los. Viele Kinder waren von ihren Eltern nicht nach dem Unterricht abgeholt worden. Darum blieben sie einfach in der Nähe der Schule. Sie saßen in Grüppchen in der Sonne, tauschten bunte Karten, spielten mit kleinen Plastikfiguren, kämmten und frisierten sich und teilten sich Chips- und Gummibärchentüten. Es gab viel Geschrei, aber noch viel mehr Lachen.

›Eigentlich sehen alle glücklich aus‹, dachte ich.

»Eigentlich sehen alle glücklich aus«, sagte die Prinzessin und ich musste ihr Recht geben.

»Trotzdem ist das alles mehr als seltsam«, seufzte die Prinzessin. »Guck mal die da.« Sie deutete auf die dicke Frau Conradi von gegenüber.

»Was hat denn Frau Conradi an?«, staunte ich.

»Das ist ein Tütü. So etwas tragen Balletttänzerinnen.«

»Aber Frau Conradi ist doch gar keine Balletttänzerin! Nicht einmal ein kleines bisschen«, sagte ich.

»Vielleicht wäre sie ja gerne eine«, vermutete die Prinzessin.

»Sie sollte so etwas lieber nicht anziehen«, murmelte ich.

Wir gingen zu mir nach Hause, hängten die Hemden auf die Bügel in meinem Schrank und kochten eine Tütensuppe. Die Eltern der Prinzessin waren am Vortag nicht nach Hause gekommen und hatten sich auch noch nicht wieder bei ihr gemeldet. Ihre Handys hatten sie auch ausgeschaltet. Also hatte die Prinzessin mich gefragt, ob sie bei mir übernachten dürfte. Fragen musste ich ja niemanden, weil sich Oma und Papa nicht die Bohne für mich interessierten. Ich hatte »Ja« gesagt und mich gefreut, dass die Prinzessin blieb.

»Weißt du«, sagte die Prinzessin und blies vorsichtig auf die Suppe, die sehr heiß war, »es ist ja nicht so, als wäre ich nachts noch nie alleine gewesen. Seit einiger Zeit schon sind meine Eltern öfter mal abends ausgegangen und einmal sind sie sogar erst am nächsten Morgen wiedergekommen. Ich habe keine Angst mehr. Trotzdem, irgendetwas ist anders als sonst.«

Oma kam in die Küche und guckte uns überrascht an. »Was macht ihr denn hier, Kinder?«, fragte sie mit lauter Stimme.

»Guten Tag, Frau Schuster. Wir haben uns eine Tütensuppe gekocht«, erklärte die Prinzessin.

»Aber warum macht ihr Kinder das denn in meiner Küche?«

»Aber Oma, ich wohne doch auch hier«, sagte ich und verstand gar nichts mehr.

Oma schüttelte den Kopf und grummelte vor sich hin. Sie holte die Likörflasche aus dem Kühlschrank und verschwand wieder im Wohnzimmer. Die Prinzessin guckte mich an und zog ihre rechte Augenbraue hoch.

Am Wochenende blieb die Prinzessin einfach bei mir. Ihre Eltern hatten sich noch immer nicht gemeldet und sie wollte nicht alleine zuhause sein. Ich hatte erst befürchtet, dass das irgendwie peinlich werden könnte. Aber für solche Sorgen hatten wir gar keine Zeit. Wir liefen nämlich ständig draußen herum und die Prinzessin schrieb auf, was wir sahen und seltsam fanden. Dass das ganz schön viel Zeit brauchte, habt ihr ja schon mitbekommen. Jedenfalls lernte ich eine Menge neuer Flüche.

Zum Frühstück, zum Mittagessen und zum Abendbrot kochten wir uns Tütensuppen. Es war die Idee der Prinzessin gewesen, sie auf Vorrat zu kaufen, weil die billig waren und schnell zu kochen. Und weil es ein kleines Bild auf den Rückseiten der Tüten gab. Auf dem war eine Frau mit einer roten Küchenschürze zu sehen. Die Prinzessin pustete die leeren Suppentüten auf und stellte sie auf den Tisch.

»Warum machst du das?«, fragte ich.

»Es ist wichtig, mit der Familie zu essen«, erklärte mir die Prinzessin.

»Aha«, meinte ich und guckte die Frau mit der roten Küchenschürze auf den aufgeblasenen Suppentüten an.

»Das ist meine Mama«, sagte die Prinzessin leise. »Sie ist ein Fotomodell. Peinlich, wenn die eigene Mutter auf einer Suppentüte drauf ist, oder?«

»Nein, finde ich nicht«, erwiderte ich. »Deine Mama sieht aus, als könnte sie voll gut Suppen kochen.«

Die Prinzessin schniefte. Dann lächelte sie. »Meine Mama kann überhaupt gar nicht kochen. Noch nicht einmal Tütensuppen.«

Wir setzten uns an den Tisch und begannen zu essen.

»Immer nur Tütensuppe zu essen ist bestimmt nicht gesund«, murmelte die Prinzessin und verbrannte sich den Mund, weil wir die Suppe wieder zu heiß gemacht hatten.

»Was anderes ist leider nicht da«, sagte ich seufzend. Mir kam die Tütensuppe auch schon aus den Ohren raus. Es war Sonntagabend und das bedeutete, dass wir gerade die siebte Tütensuppe aßen. Der Kühlschrank war noch nie so leer gewesen.

Da klingelte es an der Tür, und als wir öffneten, stand Sandro davor, mit einer vollgepackten Tasche und einem Schlafsack unter dem Arm. Er gab der Prinzessin einen Zettel. Darauf stand:

Ich würde gerne hier mit einziehen, wenn das geht.

Kommt gar nicht in Frage, wollte ich sagen, aber die Prinzessin war schneller.

»Klar, komm rein. Wir essen gerade.«

Sandro setzte sich mit an den Tisch und aß die ganze Suppe auf. Die Prinzessin machte sich unterdessen am Küchenschrank zu schaffen. Sie schüttete aus manchen Gewürzgläsern etwas Pulver ins Spülbecken, damit in allen Gläsern gleich viel drin war. Das roch ein bisschen wie die Suppe, die Sandro gerade aß, nur viel besser.

Als er fertig war, schrieb Sandro etwas auf einen Zettel und legte ihn auf den Küchentisch. Die Prinzessin und ich beugten uns darüber und lasen:

Meine Mutter ist seit gestern verschwunden.

»Ich wa… war auch scho… scho… schon bei der Polizei«, fuhr er fort.

»Und? Was hat sie gesagt?«, fragten die Prinzessin und ich wie aus einem Munde. Auf die Idee, zur Polizei zu gehen, waren wir noch gar nicht gekommen.

»Erst ha… haben die Beamten mi… mich gar nicht bea… beachtet«, begann Sandro.

›So wie die Waschfrau‹, dachte ich.

»Ich war au… auch nicht alleine dort. Bestimmt zehn Ki… Kinder wollten melden, dass ihre Eltern verschwunden sind. Die Beamten guckten uns erst an, als würden sie uns gar nicht sehen. Und dann sagten sie, wir sollten mal schön wieder nach Hause gehen. So viele Eltern könnten doch gar nicht einfach so verschwinden und vielleicht wäre irgendwo etwas Tolles los und die Eltern würden sich nur mal ohne ihre Kinder amüsieren. Das hätten sie sich verdient.«

»Ist ja ein Ding«, sagte ich staunend, auch weil Sandro plötzlich nicht mehr stotterte.

»Vielleicht sitzen sie alle in einem riesigen Zirkuszelt vor den Toren der Stadt und amüsieren sich prächtig bei Musik und Wein«, empörte sich die Prinzessin.

»Oder sie sind ins Landschulheim gefahren«, meinte Sandro.

»Das würde dann aber Landelternheim heißen«, sagte ich und plötzlich mussten wir drei wie verrückt lachen. Aber nicht lange.

»Ich kann auch Miete zahlen«, sagte Sandro und zog zwei zerknitterte Geldscheine und einige Münzen aus seiner Hosentasche. »Ich habe mein Spa… Spa… Sparschwein geschlachtet.«

Wir legten die Scheine und die Münzen in die alte Keksdose, in der wir auch das Geld aus meiner Spardose und das Ersparte der Prinzessin aufbewahrten. Für alle Fälle. Denn wir hatten das Gefühl, dass es noch einige Zeit dauern würde, bis alles wieder beim Alten war.

So kam es, dass wir von da an zu dritt bei mir wohnten. Oma und Papa schienen das nicht zu bemerken, obwohl die Prinzessin immer wieder irgendwelche Dinge umstellte oder umsortierte und Sandro ständig durch den Flur flitzte. Papa kam nur noch selten aus seinem Zimmer heraus. Und wenn er sich blicken ließ, redete er nicht mit uns. Oma baute ihr Bügelbrett gar nicht mehr ab. Den ganzen Tag über zischte und dampfte es im Wohnzimmer. Oma bügelte und bügelte und pfiff die Schlager aus dem Radio mit. Dabei trank sie Kirschlikör. Am Nachmittag traf sie sich mit ihren Freundinnen. Wahrscheinlich gingen sie dann ins Café oder Restaurant, denn Oma aß nicht mehr zuhause. Am Abend häkelte sie neue Deckchen beim Fernsehen. So hatte sie auch immer wieder etwas Neues zum Bügeln. Manchmal schaute sie mich mit großen Augen an, als könnte sie sich nicht erinnern, wer ich war und was ich in ihrer Wohnung machte.

»Hallo, Oma«, sagte ich dann und Oma fuhr mir über den Kopf.

»Na, Junge, alles klar?«, fragte sie mich. Wenigstens nannte sie mich nicht mehr Kurtchen.

»Alles klar, Oma«, antwortete ich und Oma nickte und wandte sich wieder ihren Dingen zu. Dass die Prinzessin und Sandro bei uns wohnten, schien ihr nichts auszumachen. Jedenfalls beschwerte sie sich nicht.

»Bei Mama war es genauso«, erzählte Sandro. Er stotterte fast gar nicht mehr, seit er bei uns wohnte. Und er benutzte auch keine Zettel mehr, um aufzuschreiben, was er sagen wollte. »Am Anfang fand ich es ja noch toll, dass sie nicht mehr schimpfte. Ich habe den ganzen Tag ferngesehen und die Süßigkeitenschublade leer gegessen. Aber dann war es doch komisch, dass Mama einfach durch mich hindurchsah. Und schließlich kam sie nach der Arbeit nicht wieder nach Hause.«

Die Prinzessin bürstete Sandros lange Haare, während er redete. Sandro gab sich sehr viel Mühe, ruhig auf dem Stuhl sitzen zu bleiben. Ich konnte aber sehen, dass ihm die Kämmerei furchtbar wehtat.

Die Prinzessin achtete darauf, dass Sandro und ich immer ordentlich gewaschen und angezogen in die Schule gingen, dass wir unsere Hausaufgaben machten und nicht so viel fernsahen. Wobei das sowieso nicht so viel Spaß machte. Denn Oma erlaubte nicht, dass wir den Sender wechselten, und was sie sich anschaute, war kein bisschen spannend. Außerdem hatte die Prinzessin am Tag ihres Einzugs mein Zimmer aufgeräumt. Und das war gar nicht einfach gewesen. Aber wir brauchten Platz auf dem Fußboden für ihren und später auch für Sandros Schlafsack. Deswegen musste meine Materialsammlung für den besten Computer der Welt verschwinden. Die Prinzessin hatte die Bügel mit meinen Hemden kurzerhand an die Deckenlampe gehängt und dann alles in meinen Kleiderschrank sortiert: die Prozessoren, die Motherboards, die verschiedenen Speicher- und Festplatten, unzählige Grafik- und Soundkarten, die Gehäuseteile und Laufwerke, 10 verschiedene Keyboards, 273 Computertasten, 3 Flachbildschirme und eine Menge Mäuse. Danach sah mein Zimmer gar nicht mehr aus wie mein Zimmer. Und mein Schrank erinnerte mich an diese lustigen Bilder, auf denen alles nach Formen und Farben sortiert ist.

Ich sah der Prinzessin an, dass sie gerne noch viel mehr aufgeräumt hätte. Aber sie gab sich große Mühe, das nicht zu tun. Immerhin war sie ja nur zu Besuch. So ganz konnte sie sich allerdings nicht zurückhalten, denn irgendwann standen meine Bücher der Größe nach im Regal, meine Legosteine lagen nach Farben sortiert in verschiedenen Kästchen und auf meinem Schreibtisch herrschte eine ganz bestimmte Ordnung. Mir machte das aber nichts aus. Außerdem hatte ich auch gar keine Zeit, mich darüber zu ärgern. Denn inzwischen war uns klar geworden: Wir mussten dringend herausfinden, was eigentlich mit den Erwachsenen los war.

Die Stadt der vergessenen Kinder

Nach eineinhalb Wochen hörten wir auf, unsere Beobachtungen aufzuschreiben. Es dauerte zu lange. Denn es waren mittlerweile so viele, dass es einfacher gewesen wäre, die Dinge aufzuschreiben, die noch so waren wie vorher. Wie vorher war nämlich fast gar nichts mehr.

Wir liefen staunend durch die Straßen, in denen es jeden Tag bunter und chaotischer zuging. Das Viertel sah ein bisschen so aus wie mein Zimmer, bevor es die Prinzessin aufgeräumt hatte. Es war toll. Die meisten Kinder gingen überhaupt nicht mehr nach Hause. Sie hatten sich in den Hauseingängen, den Vorgärten und im Schulhof Hütten gebaut, in die sie eingezogen waren. Die Hütten sahen ziemlich abgefahren aus und sie wurden immer größer. Den ganzen Tag über hallte ein Hämmern und Klopfen durch die Straßen. Aus alten Brettern, Decken, Schränken und tausend anderen Sachen vom Sperrmüll zimmerten sich die Jungen und Mädchen die schönsten Unterschlupfe. Es war ein richtiger Wettbewerb im Gange. Immer wieder schleppte irgendwer irgendwas an, das noch irgendwo festgenagelt wurde. Dabei entstanden die wildesten Konstruktionen – verwinkelte Hütten mit schiefen Türmchen, wackligen Terrassen und steilen Treppchen. Manche Aufbauten waren zu gar nichts nutze, sahen aber wirklich super aus.

Schon bald waren fast alle Häuser bemalt. Figuren, Blumen, Bäume, Tiere und Worte schmückten die Wände wie bunte Bänder. Täglich malten die Kinder weiter. Farbdosen und -eimer standen bereit und jeder konnte sich einen Pinsel oder eine Spraydose schnappen und mitmachen.

Was wohl die Bäckersfrau davon hielt? Die hatte sich nämlich vor ein paar Monaten über ein klitzekleines Bild, das jemand an ihre Hauswand gesprayt hatte, so aufgeregt, dass sie die Polizei gerufen hatte. Aber die Bäckersfrau regte sich nicht auf. Erstaunlicherweise regte sich niemand von den Erwachsenen auf. Mit hochgezogenen Knien stiegen sie über alles hinweg, was ihnen im Wege lag. Und das war nicht wenig.

Überall auf dem Gehsteig lagen nämlich Sachen. Manchmal konnten selbst wir nicht erkennen, ob sie den Kindern gehörten oder ob es sich nur um Müll handelte. Aber keiner der wenigen Erwachsenen, die noch draußen herumliefen, beschwerte sich. Als würde es die Kinder und das bunte Treiben gar nicht geben.

»Nichts wird je mehr so sein, wie es war. Was für ein Chaos!«, sagte Sandro, als wir wieder einmal durch die Straßen liefen und uns die Augen müde guckten.

Die Prinzessin nickte und zog die Nase hoch. Sie hatte sich angewöhnt, einen Sturzhelm zu tragen, den wir in Mamas Überlebensausrüstung gefunden hatten. Mama brauchte ihn manchmal, wenn sie in Höhlen oder an anderen gefährlichen Orten herumgrub.

Sandro gab der Prinzessin ein Taschentuch und legte vorsichtig einen Arm um ihre Schultern. Erst gefiel mir das gar nicht. Aber dann gab die Prinzessin mir ihre Hand und ich drückte sie ganz fest.

»Ich vermisse meine Eltern«, sagte sie leise.

Jetzt half auch kein Nase-Hochziehen mehr und Tränen liefen über ihre Wangen. Ich musste mich ganz schön zusammenreißen, weil Jungs ja nicht weinen. Da merkte ich, dass Sandro auch schniefte.

»Darum bauen die Kinder wie die Verrückten an ihrem neuen Zuhause«, sagte er. »So haben sie keine Zeit zum Traurigsein.«

Langsam liefen wir weiter, bis wir an einen großen Vorgarten kamen, vor dem sich eine Gruppe Kinder versammelt hatte. Es waren bestimmt 30 Mädchen und Jungen, die vor dem Zaun in einer Reihe standen. Seltsamerweise trugen sie nur ihre Unterwäsche. Wir blieben stehen und warteten darauf, dass etwas passierte.

»Ich wusste gar nicht, dass hier im Viertel so viele Kinder wohnen«, sagte ich.

»Ich dachte, du wohnst hier schon dein ganzes Leben. Das ist doch das kinderreichste Viertel der Stadt«, erwiderte Sandro.

»Ich gehe nicht so oft raus. Nach der Schule bin ich immer im Hapkido-Training«, erklärte ich. »Und in den Kindergarten brauchte ich nicht zu gehen, weil meine Oma immer zuhause war.« Außerdem kostet es eine Menge Zeit, den besten Computer der Welt zu entwickeln. Das dachte ich aber nur und sagte es nicht. Die Prinzessin guckte mich mit dunklen Augen an, als hätte ich ihr etwas sehr Trauriges erzählt.

Plötzlich klackte es und im Garten sprangen drei Rasensprenger an. Millionen Wassertropfen glitzerten in der Sonne. Alle liefen jubelnd auf den Rasen und tanzten wild um die Rasensprenger herum, die ihre Wasserfontänen über sie spritzten.

»Sie haben sogar Duschen«, murmelte Sandro. Dabei klang er so, als säße ein Frosch in seinem Hals.

Als wir nach Hause kamen, waren wir ziemlich bedrückt und hatten keine Lust auf Abendbrot.

Zu später Stunde zogen wir noch einmal los. Überall in den Straßen brannten kleine Lagerfeuer. Darüber rösteten Jungen und Mädchen Würstchen und Marshmallows an Stöcken, sangen Lieder und erzählten sich Geschichten. Ab und zu konnte man die Kleineren weinen hören. Abends vermissten sie ihre Eltern, die ihnen sonst Gutenachtküsse gaben und vorlasen. Wir setzten uns an eines der Feuer. Ein Mädchen bot uns geröstete Marshmallows an und wir verbrannten uns die Zungen daran. Dann sang die Prinzessin ein Lied. Sie konnte einfach toll singen und alle hörten zu. Die Kinder klatschten in die Hände und bettelten um noch ein Lied. Die Prinzessin sang »Der Mond ist aufgegangen« und dann gingen wir wieder zurück in die Wohnung. Wir setzten uns ans Fenster und schauten in die warme Nacht hinaus.

»Was ist denn da drüben los?«, fragte die Prinzessin und zeigte zur Wohnung gegenüber. Aus den geöffneten Fenstern drangen Musik, lautes Lachen und Gläserklirren.

»Da wohnt die dicke Frau Conradi, die letztens in einem Ballettröckchen herumlief«, erklärte ich.

»Na, die feiert ja eine wüste Party«, stellte Sandro fest.

»Ich habe noch nie einen Gast bei Frau Conradi gesehen. Und nun feiern dort mindestens hundert Leute Karneval. Und das mitten im Sommer«, staunte ich.

»Es ist eben gar nichts mehr so, wie es einmal war«, sagte die Prinzessin und schniefte noch einmal mit der Nase.

Am Mittwoch vor vier Wochen ging noch etwa die Hälfte aller Kinder in die Schule. Obwohl eigentlich niemand mehr gemusst hätte. Kein Erwachsener, kein Vater, keine Mutter und auch kein Lehrer achtete darauf. Im Schulgebäude herrschte genauso ein buntes Chaos wie in den Straßen. Überall lagen Jacken, Hosen, Schuhe und Kuscheltiere, Spielsachen, Taschen und sogar Kissen und Schmusedecken. Dazwischen hüpften Hasen, Meerschweinchen und Hamster herum.

Frau Müller hielt einen sehr merkwürdigen Unterricht ab. Sie kam in die Klasse, redete einfach drauflos und hörte bis zum Pausenklingeln nicht mehr auf. Meistens verstand ich überhaupt nicht, wovon sie eigentlich sprach. Sie selber schien allerdings von ihren Vorträgen ganz begeistert zu sein. Es nutzte auch nichts, ihr Fragen zu stellen. Sie beachtete uns einfach nicht. Manchmal sang sie auch einige Lieder zwischen ihren vielen Worten.

Sandro ließ seinen Kopf hinter dem Haarvorhang hin und her wackeln. »Sie ist Autorin, Regisseurin und Hauptdarstellerin in einem Theaterstück. Uns bleibt die Rolle des Publikums«, sagte er und hielt sein »Ich mag das nicht«-Schild hoch.

Aber Frau Müller hörte und sah ihn nicht. Sie nannte uns »Meine verehrten Damen und Herren« und siezte uns. Dann passierte das mit ihrer Frisur.

Es geschah am Donnerstagmorgen vor vier Wochen. Frau Müller kam in die Klasse und sagte »Guten Morgen, meine Damen und Herren«. Dann griff sie sich mit beiden Händen an den Kopf und setzte ihre Frisur ab.

Die Mädchen schrien vor Schreck auf. Okay, wir Jungs schrien auch. Ich starrte auf die Frisur, die nun auf Frau Müllers Tisch lag, und dann auf Frau Müller. Sie hatte also die ganze Zeit eine Perücke getragen! Darunter hatte sie ganz kurze, tomatenrote Haare. Es sah aus, als hätte sie eine rote Badekappe auf. Während wir sie alle anstarrten, tat Frau Müller so, als sei nichts geschehen. Sie hielt ungerührt ihren Vortrag und sang mit lauter Stimme zwei wilde Lieder. Dann ging sie aus dem Klassenzimmer und kam nicht mehr wieder. Auch die anderen Lehrer, die Sekretärin, der Direktor, der Hausmeister und Fräulein Liebig aus dem Sanitätszimmer waren plötzlich verschwunden.

Wir schauten jeden Tag die Fernsehnachrichten und lasen die Zeitung von Herrn Wächter, der unter uns wohnte. Wir forschten auch im Internet. Es musste doch irgendwann einmal einen Bericht über all das geben, was geschah. Gab es aber nicht.

»Zackenzeckiger Rüpfel, das kann doch gar nicht sein«, murmelte die Prinzessin, die auch leise fluchen konnte. Dann räumte sie zum zehnten Mal an diesem Tag die Wohnung auf und legte alles, was Sandro und ich angefasst hatten, wieder an seinen angestammten Platz.

Oma kam ab Freitag vor vier Wochen nicht mehr nach Hause, und ob Papa noch in der Wohnung war, konnten wir nicht feststellen. Sein Zimmer war abgeschlossen und durch die Tür war kein Mucks von ihm zu hören. Auf meine E-Mails antwortete er auch nicht mehr.

Durch die offenen Fenster drang Sonnenschein, Kinderlachen und Geschrei.

»Der Ruf nach Freiheit und Abenteuer lockt«, sagte Sandro.

Obwohl ich es ganz toll fand, dass wir drei zusammen bei mir wohnten, wäre ich auch gerne in eine Hütte auf der Straße gezogen. Den anderen beiden ging es bestimmt genauso. Aber irgendwie wussten wir, dass wir das nicht tun durften, damit wir den Überblick nicht verloren. Wir wollten ja herausfinden, was eigentlich los war. Auch wenn das vielleicht komisch klingt: Wir hatten schon damals eine ganz bestimmte Ahnung, dass etwas ganz Unglaubliches geschehen würde und wir eine wichtige Rolle dabei spielen würden. Doch der Reihe nach.

Am Sonntagabend saßen wir in der Küche und aßen die Reste vom Vortag. Das Geld in der Blechdose wurde immer weniger und die Prinzessin teilte uns das Essen sparsam zu. Zum Trost legte sie die Kartoffeln, die Nudeln und die Soße in Form eines Schmetterlings auf den Teller. Meinetwegen hätte sie das nicht tun müssen. Aber ich wollte mich nicht beschweren. Es war schön, dass sich die Prinzessin um den Haushalt und das Essen kümmerte, auch wenn alles viel länger dauerte als bei Oma. Aber an sie versuchte ich nicht mehr zu denken. Das war einfach viel zu traurig.

»Jetzt weiß ich, was hier passiert!«, rief die Prinzessin und schlug mit der Faust auf die Tischplatte.

»Was denn?«, fragte ich und krabbelte unter den Tisch, um die Scherben meines Tellers aufzuheben, den ich vor Schreck fallen gelassen hatte.

»Die Erwachsenen haben uns vergessen! Sie haben uns Kinder einfach vergessen!«

Natürlich hatte ich mir auch schon so etwas gedacht. Aber als die Prinzessin den Gedanken aussprach, fühlte sich das an wie ein Schlag in die Magengrube. Mir wurde ganz übel und ich hatte keinen Hunger mehr. Die anderen auch nicht. Sandro stand auf und setzte sich in eine Ecke. Er versteckte sich hinter seinen Haaren und begann hin und her zu wackeln. Die Prinzessin räumte und fegte wie ein Wirbelwind durch die Küche und ich machte im Wohnzimmer ein paar Abwehr- und Angriffübungen. »Kiap«, hallte mein Energieschrei durch die Wohnung. Seit einer Woche war ich nicht mehr im Hapkido-Training gewesen, denn der Dojang, unser Trainingsraum, war abgeschlossen.

»Das sieht ja toll aus«, sagte die Prinzessin bewundernd. »Ich wusste gar nicht, dass du so etwas kannst.«

Die Worte der Prinzessin machten mich so froh, dass ich mich plötzlich ganz leicht fühlte. Aber in der Nacht hörte ich jemanden weinen. War es die Prinzessin oder Sandro? Leise stimmte ich mit ein.

Am nächsten Tag hingen wir wieder nebeneinander auf dem Fensterbrett und beobachteten das bunte Treiben auf der Straße. Ein paar Jugendliche, ein älterer Herr und eine Mutter mit einem Kinderwagen bahnten sich ihren Weg durch das Chaos. Sie schlugen Haken, liefen Umwege und hoben die Füße, um nicht über herumliegende Bretter, Kleiderhaufen oder Kinder zu stolpern. Keiner schien sich zu wundern. Als wären sie irgendwie blind für das, was um sie herum geschah.

»Es sind nicht alle Erwachsenen weg«, stellte die Prinzessin fest.

»Der Kindergarten funktioniert auch noch ganz normal«, sagte Sandro. »Die Mütter bringen die Kleinen hin und die Erzieherinnen kümmern sich um sie.«

»Es muss mit dem Alter zu tun haben«, überlegte ich. »Denn alle Kinder auf der Straße kommen irgendwie selber klar. Niemand ist wirklich in Gefahr.«

»Und keiner der übrig gebliebenen Erwachsenen interessiert sich dafür, was passiert«, murmelte die Prinzessin.

»Vielleicht weil sie das sonst auch nicht tun? Nur haben wir das nie gemerkt, weil sich ja unsere Eltern immer um uns gekümmert haben«, meinte Sandro.

»Es scheint, als hätten die Eltern darauf gewartet, bis ihre Kinder alt genug sind, um dann …«

»… zusammen ins Landelternheim zu fahren«, beendete die Prinzessin meinen Satz.

Aber dieses Mal mussten wir nicht darüber lachen.

»Lasst uns auch rausgehen zu den anderen und mitmachen«, schlug ich vor.

Ich wollte nicht mehr traurig sein und die strahlende Sonne konnte meine trüben Gedanken einfach nicht vertreiben. Aber die Prinzessin schaute mich ernst an.

»Das geht doch nicht«, sagte sie und Sandro schob seine langen Haare ein Stück vor sein Gesicht.

»Hey, Rapunzel, lass dein Haar herunter«, rief ein Junge von unten und ein vielstimmiges Lachen folgte. Wir setzten uns an den Küchentisch.

»Wir müssen die Stellung halten und alles genau beobachten. Deswegen ist es wichtig, dass wir drei hier oben bleiben. Unten bei den anderen wärst du vielleicht wieder ganz durcheinander. Sandro würde vielleicht wieder anfangen, auf Zettel zu schreiben und sich die ganze Zeit hinter seinen Haaren zu verstecken. Und ich würde ganz nervös werden, weil alles so unordentlich ist«, erklärte die Prinzessin und sortierte die Salz-, Pfeffer- und Zuckerstreuer, die Töpfchen mit den kleinen Kakteen und die Kerzenhalter, also alles, was auf dem Esstisch stand.

Sandro hielt aus lauter Gewohnheit sein »Das ist traurig«-Schild hoch.

Aber wir wussten, dass die Prinzessin Recht hatte. Obwohl wir da noch nicht wussten, warum sie Recht hatte.

Und dann schlug die Stimmung in den Straßen plötzlich um. Wir hatten ja schon geahnt, dass es nicht ewig so friedlich und unbeschwert weitergehen würde. Trotzdem erschraken wir, als es den ersten Überfall auf die Bäckerei gab.

Irgendwann mussten sich die Kinder die Lebensmittel selbst organisieren. Nach zwei Wochen waren sämtliche Schränke in den Küchen der Eltern geplündert und das Geld in den Sparschweinen ausgegeben. Manche Kinder hatten schon ganz große Augen vor Hunger. Deswegen steckten sich viele im Supermarkt heimlich etwas in die Taschen. Das war auch nicht schwierig, denn die Kassiererinnen beachteten die Kinder gar nicht, die sich zwischen den Regalen herumdrückten. Auch wir füllten bei unseren nächsten Einkäufen einfach unsere

Tasche und gingen wieder, ohne zu bezahlen. Es war aber auch echt anstrengend, die Aufmerksamkeit der Kassiererinnen zu erregen. Sie hockten meist zusammen, hielten sich an großen Kaffeetassen fest und quatschten. Ob jemand bezahlen wollte oder nicht, schien sie gar nicht zu interessieren.

Schnell sprach sich herum, wie einfach man im Supermarkt an Lebensmittel kam. Die Süßigkeitenregale wurden natürlich als Erstes geplündert. Sie wurden allerdings nicht wieder aufgefüllt. Jedenfalls nicht mit allen Sorten. Irgendwann gab es nur noch Schokolade mit 75 Prozent Kakaoanteil, Likörpralinen und scharfe Pfefferminzplätzchen. Also lauter Sachen, die nicht schmeckten.

Beim Bäckerladen konnte man sich nicht so einfach bedienen. Die süßen Stückchen lagen hinter einer Glasscheibe und man kam nur an sie heran, wenn man um die Theke herumging. Dort stand aber die Bäckersfrau und an der kam man nicht vorbei. Es sei denn, man benutzte einen Trick.

Wir machten gerade eine Runde durch die Straßen, als uns eine große Gruppe Kinder entgegenkam. Eigentlich war das nichts Ungewöhnliches, aber diese Kinder waren bewaffnet. Sie trugen Stöcke und Bretter und machten böse Gesichter. Ein großer Junge mit blonden Haaren führte sie an. Damit ihn jeder sehen konnte, schwenkte er eine Fahne mit einem Totenkopf darauf.

»Sie ziehen in die Schlacht«, rief Sandro.

Die Prinzessin zog das Band ihres Sturzhelms fester unterm Kinn zusammen.

Die Kinder liefen an uns vorbei und wir folgten ihnen. Ein kleiner Junge mit einem Holzschwert verhedderte sich in einem der rosa Bänder vom Rock der Prinzessin.

»Grüngepunkteter Puddingplumpser!«, rief die Prinzessin dem kleinen Holzritter hinterher, während der Wind das Band davontrug.

Die Meute blieb mit einem Ruck vor der Bäckerei stehen. Dann rief der Anführer »Attacke!« und die Kinder stürmten den Bäckerladen. Es gab ein Riesengetöse. Nach wenigen Augenblicken rannten die Jungen und Mädchen mit Kuchen, Brot und Saftflaschen beladen wieder heraus und verstreuten sich mit ihrer Beute in alle Richtungen. Keiner schaute dem anderen hinterher.

»Auweia«, sagte die Prinzessin und ich löste mich aus der Verteidigungsstellung, die ich unbewusst eingenommen hatte.

»Sie sind von ihrer eigenen Tat so entsetzt, dass sie sich nicht mehr in die Augen schauen können«, murmelte Sandro.

Wir blickten den Kindern nach, bis sie verschwunden waren. Dann betraten wir vorsichtig die Bäckerei. Die Vitrinen waren zertrümmert und in der Auslage war kein Krümel mehr zu sehen. Auch die Regale und die Brotkörbe waren leer. Die Bäckersfrau stand in ihrem Geschäft und schüttelte den Kopf.

»Das muss ein Orkan gewesen sein«, sagte sie zu sich selbst. »Hier in unseren Breiten! Das ist doch einfach unglaublich! Das muss ein richtiger Orkan gewesen sein.«

Wir drehten uns um und liefen schnell nach Hause. Ich hatte zum ersten Mal ein bisschen Angst.

Regentage

Dann kamen die Ratten. Wie dunkle Schatten hockten sie eines Tages in allen Ecken und Winkeln unseres Viertels. Sie fürchteten sich nicht vor den Menschen und rannten nicht vor uns weg. Sie waren einfach da und schienen uns mit ihren kleinen schwarzen Knopfaugen zu beobachten. Manche Kinder fütterten sie und freundeten sich sogar mit dem einen oder anderen Tier an. Einige Jungen und Mädchen trugen die zahmen Ratten auf ihren Schultern mit sich herum. Irgendwie ließ mich das Gefühl nicht los, als wollten die Ratten das so. Die Frage war nur, warum?

»Ich glaube, die Ratten versuchen uns auszuspionieren«, sagte ich.

»In Büchern und Märchen sind die Ratten oft die Boten des Bösen«, sagte Sandro.

»Oder die Krähen«, meinte die Prinzessin und schaute in den Himmel, von dem im selben Moment eine krächzende, schwarze Wolke herabschwebte. »Vielleicht fallen sie uns jetzt aber auch einfach nur auf, weil wir die ganze Zeit auf irgendetwas warten und nicht wissen, auf was. Vorher gab es doch auch schon Ratten und Krähen …« Die Prinzessin unterbrach sich selbst und klatschte begeistert Beifall, weil die Krähen in einer langen geraden Reihe auf einem Dachfirst gelandet waren. Mir schien es fast, als verbeugte sich die erste Krähe huldvoll. Aber wahrscheinlich nickte sie nur mit dem Kopf, wie Vögel das eben so tun.

»Trotzdem – irgendwie verhalten sich die Tiere seltsam«, sagte ich und wir sahen einer großen grauen Ratte nach, die sich gerade von zwei Krähen in die Luft ziehen ließ. Sie hielt sich an Schnüren fest, die die Vögel an den Füßen trugen. »Oder habt ihr so was schon mal gesehen?«

Die Prinzessin und Sandro schüttelten die Köpfe.

Die Ratte sah zu uns herunter und grinste uns an. Dann ließ sie sich auf einen Mauervorsprung fallen und schlüpfte durch ein offenes Fenster.

»Irgendwie sah sie furchtbar gemein aus«, sagte die Prinzessin und ich fand das auch.

Wir liefen nach Hause und machten uns eine Pfanne Bratkartoffeln. Sandro und ich bereiteten alles vor und deckten den Tisch, während die Prinzessin aus den Kartoffeln gleich große Würfel schnitzte.

»Findest du nicht, dass du viel zu viele Kartoffeln verschwendest, wenn du so viel abschneidest?«, fragte Sandro.

»Darum koche ich uns aus den Resten eine Suppe für morgen«, antwortete die Prinzessin.

Ich hatte eigentlich keine große Lust mehr auf Suppe. Aber Oma sagte immer: »In der Not frisst der Teufel Fliegen.«

Ach, Oma! Ach, Papa! Wo wart ihr nur? Ich lief zu Papas Zimmertür und klopfte. Niemand antwortete. Als ich die Klinke runterdrückte, war die Tür wie immer abgeschlossen. Ich presste mein Ohr dagegen, konnte aber nichts hören. Oder war da nicht doch ein kleines Sirren? Vielleicht der Ventilator an Papas Computer! Ich klopfte noch einmal.

»Papa? Bist du da?«, rief ich.

Aber es kam keine Antwort.

»Ich frage mich, wo die Erwachsenen hingegangen sind«, sagte ich, als ich in die Küche zurückkam. Die Prinzessin, Sandro und ich zerbrachen uns immer und immer wieder die Köpfe darüber.

»Die Bäckerin, die Wäschereifrau, die dicke Frau Conradi von gegenüber und die Kassiererinnen im Supermarkt sind noch da«, überlegte ich.

»Auf der Straße laufen ja auch noch Erwachsene herum«, sagte die Prinzessin.

»Das sind aber alles ältere Leute. Und Jugendliche – die sind ja auch noch keine richtigen Erwachsenen. Und ganz schicke Leute, die nicht wie Eltern aussehen, sind auch noch da«, sagte Sandro.

»Da draußen sind nur noch Leute unterwegs, die sich kein bisschen darum scheren, was los ist. Die Kinder leben auf der Straße und machen, was sie wollen, und keiner kümmert sich darum. Wie kann das sein?«, fragte die Prinzessin.

»Vielleicht interessieren sich die übrig gebliebenen Erwachsenen einfach nicht für Kinder. Weil sie selbst keine wollen oder weil sie zu jung oder zu alt dafür sind«, überlegte Sandro.

»Oder weil sie sich nicht mehr zu kümmern brauchen, weil ihre Kinder schon groß sind«, sagte ich.

»Alle Eltern sind also weg«, meinte die Prinzessin.

»Nein, das stimmt nicht ganz. Nur die, deren Kinder zwischen sechs und zwölf Jahren alt sind«, fasste Sandro unsere Beobachtungen zusammen.

»Und die Omas, die mit ihren Enkelkindern zusammenwohnten«, fügte ich leise hinzu.

Aber wo die Eltern und Großeltern waren, das wussten wir nicht. Und warum sie weggegangen waren, das wussten wir auch nicht. Damals zumindest noch nicht. Wir sollten es erst viel später herausfinden.

Der Regen begann am Dienstag vor drei Wochen. Wolken zogen auf und verdunkelten die Sonne. Die Tropfen rieselten ganz leise nieder. Doch dann wurde der Regen stärker und hörte nicht mehr auf. Am Nachmittag liefen Bäche den Rinnstein entlang und überschwemmten die Hütten. Alles tropfte und triefte. Erst tanzten noch einige Kinder im Regen. Aber gegen Abend war es draußen so ungemütlich, dass die Kinder frierend ihre Schultern hochzogen. Einige gingen wieder nach Hause, aber die meisten packten ihre Sachen und zogen in die Schule. Dort belegten sie in Gruppen und Banden die Klassenräume und Flure. Nachdem wochenlang die Sonne geschienen hatte, regnete es drei Tage lang Bindfäden, wie Oma gesagt hätte, wenn sie da gewesen wäre.

Die Kinder, die nach Hause gegangen waren, zogen auch bald in die Schule. Überall waren Matten, Matratzen, Schlafsäcke, Kleidung und Spielzeug verteilt. Außerdem roch es nicht gut. Und das lag nicht nur daran, dass alles ein bisschen feucht war oder dass sich seit Tagen niemand mehr gewaschen hatte und dass überall Essensreste herumstanden. Es lag auch nicht an den vielen Haustieren und Ratten, die in den Fluren herumhüpften, oder an den ungeputzten Toiletten. Es lag einfach an allen Dingen zusammen.

»Wenn es nicht bald aufhört zu regnen, wird der Geruch immer schlimmer und das wird keiner lange aushalten«, befürchtete Sandro. »Außerdem brechen hier noch Krankheiten und schlimme Seuchen aus, wenn das so weitergeht.«

»Ob überhaupt noch jemand bei sich zuhause wohnt?«, fragte die Prinzessin mit einer verschnupften Stimme, denn sie hatte sich zusätzlich zu dem Sturzhelm noch eine Taucherbrille aufgesetzt. Die gehörte ebenfalls zu Mamas Überlebensausrüstung.

»Wir wohnen noch zuhause«, sagte ich.

»Ich wollte jetzt wirklich nicht alleine sein«, näselte die Prinzessin.

»Niemand möchte jetzt gerne alleine sein«, sagte Sandro.

Wir schauten in ein Klassenzimmer. Hier hatten die Kinder ein riesiges Schlaflager auf dem Boden errichtet und aus Decken, Handtüchern und Kleidungsstücken ein großes Zeltdach darübergespannt. Darunter saßen sie und spielten Karten und *Mensch ärgere Dich nicht.*

»Riecht zwar nicht besonders gut«, sagte ich, »sieht aber wirklich gemütlich aus. Wollen wir heute Abend nicht auch einmal was spielen? Wir haben eine Menge Spiele zuhause.«

»Hey, Sandro! Hallo, Kurt! Hallo, Prinzessin! Ihr seid ja auch hier«, rief eine Stimme und ich erkannte Johannes, der uns fröhlich zuwinkte.

Sandro und ich setzten uns zu ihm auf die Matratze, aber die Prinzessin blieb stehen.

»Was macht ihr denn so?«, fragte Max, der auch unter der großen Zeltkonstruktion saß. Er war schon am ersten Tag, als er begriffen hatte, dass es niemanden kümmerte, nicht mehr in die Schule gekommen.

»Nichts Besonderes. Wir wohnen jetzt bei Kurt«, antwortete Sandro.

Max nickte. Dann sagte er: »Du, Kurt, eigentlich war das

mit den Orangen und dem Saft ja total einfach. Ich habe aber nur Bahnhof verstanden, weil Frau Müller das so umständlich erklärt hat.«

Ich wusste genau, was er meinte.

»Darum gehe ich auch nicht mehr in die Schule«, sagte Johannes. Dann guckte er sich in dem chaotischen Klassenzimmer um und grinste. »Na ja, so ganz stimmt das ja nicht.«

Wir mussten alle wie verrückt lachen.

»Jedenfalls hätte ich mich niemals über eine schlechte Note geärgert, wenn ich gewusst hätte, dass sich meine Eltern sowieso nicht für mich interessieren«, fuhr Johannes fort und plötzlich waren wir alle ganz still.

»Ja, gerne«, sagte da die Prinzessin in die Stille hinein, »ich würde gerne mit euch heute Abend ein Gesellschaftsspiel spielen.«

Da freute ich mich sehr auf den Abend. Trotz allem.

In der Nacht war es warm und wir ließen die Fenster offen. Ich konnte nicht einschlafen und lauschte nach draußen. Kein Kinderlachen war mehr zu hören. Nur der Regen. Bling. Blang. Blong. Er hörte sich ganz anders an als sonst. Die Tropfen spielten eine seltsame Melodie auf den Dächern der Hütten, die verlassen auf der Straße standen.

Plötzlich war da noch ein anderes Geräusch: ein Platschen, Wispern und Quaken. Ich schlich ans Fenster und schaute vorsichtig hinaus. Doch wir wohnten viel zu hoch. Zwar glaubte ich im Licht der Straßenlaternen kleine Wesen zu erkennen, die zwischen den Hütten hin und her huschten. Aber so genau konnte ich das nicht sehen. Wahrscheinlich waren es Ratten, die die Reviere der Kinder übernahmen. Ich schlich wieder zurück ins Bett und wartete auf den Schlaf.

Irgendwann muss ich eingeschlummert sein, denn ich hatte einen schönen Traum. Mama, Papa, Oma und ich hatten Schwimmwesten an und Sturzhelme auf. Wir saßen in einem Gummiboot und schossen durch die wilden Stromschnellen eines Gebirgsbaches, der so blau und kalt war wie geschmolzenes Eis. Wir waren klatschnass und konnten einfach nicht mehr aufhören zu lachen.

»Kratziger Drosselbart!«

Der Fluch der Prinzessin riss mich aus dem Traum. Ihre Stimme kam aus dem Wohnzimmer.

»Guten Morgen«, sagte ich, als ich aufgestanden war.

Die Prinzessin saß am Tisch und nähte rosafarbene Bänder an ihre Röcke. Eigentlich nähte sie gerade nicht, denn sie saugte an ihrem linken Zeigefinger. Sie hatte sich wohl aus Versehen mit einer Nadel hineingestochen. In einer Sofaecke saß ein hin und her wackelnder Sandro.

»Mensch, Kurt, du hast aber lange geschlafen«, stöhnte er und strich sich die Haare hinter die Ohren.

»Ich konnte nicht einschlafen und lag die halbe Nacht wach«, erklärte ich den beiden.

»Das kenne ich«, meinte Sandro.

»Lasst uns in die Schule gehen und schauen, ob es etwas Neues gibt«, beschloss die Prinzessin für uns alle und legte ihr Nähzeug in ein Körbchen. Als sie aufstand, konnte ich sehen, dass ungefähr zehn neue Bänder an ihrem Rock flatterten.

In der Schule sah es so aus, als hätte sich seit dem Vortag nicht viel verändert. Es roch noch schlimmer und die Kinder guckten noch ein bisschen mürrischer in den Regen hinaus. Doch dann stieg uns plötzlich ein angenehmer Geruch in die Nase.

»Hier riecht es aber lecker!«, rief Sandro und flitzte um die nächste Ecke. Von dort kamen uns einige Kinder entgegen. Sie lachten und trugen volle Teller in den Händen.

»Guckt euch das an! Hähnchen und Pommes!«, rief uns Johannes zu und hielt seinen Teller hoch.

»Wo hast du das denn her?«, fragte ich und spürte, wie mir das Wasser im Mund zusammenlief.

»Da vorn in der Eingangshalle steht so ein komischer Typ und verteilt Essen an alle Kinder.«

Die Prinzessin nahm meine Hand und wir liefen dem köstlichen Geruch entgegen. Als wir um die Ecke bogen, konnten wir vor lauter Kindern gar nichts erkennen. Die Prinzessin zog mich mitten ins dichte Gewühl.

»Nicht drängeln, Kinder! Nicht drängeln! Es ist genug für alle da«, hörte ich eine Stimme.

Es war eine nervöse, näselnde Stimme, die unangenehm hoch und piepsig klang. Doch den Kindern machte das nichts aus. Sie hatten seit Tagen nichts Warmes gegessen und da war es ihnen egal, wer die Hähnchenschenkel mit Pommes frites verteilte. Endlich standen die Prinzessin und ich vor einem Wagen mit bunten Wimpeln und heißen Platten. Darauf schmurgelten Hähnchenschenkel und Pommes frites vor sich hin. Die Kinder drängelten vor dem Wagen und hielten die Hände auf, um einen der gefüllten Teller zu erhaschen, die jemand herüberreichte.

Und dieser Jemand sah so seltsam aus, dass mir beinahe der Hunger vergangen wäre. Er war kaum größer als wir Kinder. Seine kurzen streichholzdünnen Beinchen steckten in engen, karierten Hosen. Darüber wölbte sich ein kugelrunder Bauch. Er schien überhaupt keinen Hals zu haben. Sein Gesicht war besonders merkwürdig. Er hatte eine große spitze Nase und kleine schwarze Äuglein. Über seinem winzigen Mund hingen einige lange Barthaare. Auf seinem Kopf und Hals wuchs etwas, das wie ein räudiges Fell aussah. Wir standen vor dem Rattenmann. So sollten wir ihn später nennen.

Keins der Kinder schien es zu stören, dass der Typ wie eine Ratte aussah. Wahrscheinlich hatten sich alle inzwischen an die Ratten gewöhnt, die überall herumliefen. Sie gehörten einfach dazu und viele Kinder hatten sich ja sogar mit einem Tier befreundet.

Doch bei dem leckeren Geruch des Essens hatte ich eigentlich keine Lust, mir um den Rattenmann Gedanken zu machen. Mein Magen knurrte laut und mein Bauch schien sich vor Hunger nach innen zu wölben. Ich konnte es kaum noch abwarten, einen vollen Teller in meinen Händen zu halten. Als es endlich so weit war, setzten wir uns zu Sandro, der sein Hähnchen schon halb verputzt hatte.

»Ich sage euch«, stöhnte er, »das schmeckt super.«

Gierig biss ich in meine Keule. In dem Moment hörte der Regen auf und die Sonne brach durch die Wolken. Ich musste Sandro Recht geben: Ich hatte noch nie etwas so Leckeres gegessen.

Nach dem Essen war der Tag einfach irgendwie zu Ende gegangen. Wir dösten faul in der Sonne und merkten kaum, dass es plötzlich Zeit war, nach Hause zu gehen. Am Abend lagen wir gemütlich in Decken und Schlafsäcke gehüllt in meinem Zimmer und quatschten noch ein bisschen.

»Vielleicht haben nicht die Kinder die Ratten gezähmt, sondern die Ratten die Kinder«, flüsterte Sandro in die Dunkelheit.

»Sandro, hör doch mal auf! Das klingt ja furchtbar«, jammerte die Prinzessin.

Ich fand die Vorstellung auch gruselig. Eine Gänsehaut kroch über meinen Rücken und ich wickelte mich etwas fester in meine Decke.

»Hoffentlich kann ich einschlafen«, murmelte ich.

»Mit einem Gutenachtkuss bestimmt«, sagte die Prinzessin und gab mir einen Gutenachtkuss.

»Ich hätte auch gerne einen Gutenachtkuss«, rief Sandro und bekam auch einen.

Dann warteten wir auf den Schlaf. Die Prinzessin begann zu singen: »Der Mond ist aufgegangen, die goldnen Sternlein prangen am Himmel hell und klar.« Ihre schöne Stimme schwebte durch mein Zimmer, als hätte sie ein durchsichtiges, rosafarbenes Kleid mit Bändern an, die im Abendwind wehten. Ich war heilfroh, dass wir drei zusammen bei mir wohnten. Den Kuss der Prinzessin konnte ich immer noch auf meiner Wange spüren und so dauerte es etwas, bis ich einschlief.

Der Rattenmann

Der Rattenmann beobachtete uns. Die Prinzessin bemerkte es als Erste. Obwohl sie wunderbar kochte, gingen wir mittags in die Schule und warteten wie alle anderen auf den Rattenmann. Sein Essen war einfach zu lecker und niemand konnte ihm widerstehen. Es gab ja auch keinen Grund dazu. Dachten wir zumindest. Nur die Prinzessin hatte keinen Appetit. Jedenfalls aß sie kaum etwas. Aber sie konnte ja unter ihrer Taucherbrille auch nicht den köstlichen Duft riechen. Und sie weigerte sich, die Brille abzusetzen.

»Bei dem ganzen Durcheinander gehe ich nicht ohne Schutzkleidung auf die Straße!«, meinte sie.

Und dann sagte die Prinzessin, dass uns der Rattenmann beobachten würde. Nicht nur so, wie er alle beäugte, sondern irgendwie ganz besonders. Er reckte sogar den Hals, den er gar nicht hatte, um uns in der Menge zu entdecken. Dabei zitterten seine ekligen langen Barthaare. Der Rattenmann sah so aus wie jemand, der seine Nase in alles steckte. Und wenn die in etwas steckte, dann hingen ja auch die langen Barthaare mit drin. Als er uns die gefüllten Teller gab, nickte er zufrieden mit seinem hässlichen Kopf.

»Unsere Portionen sind größer als die der anderen«, sagte die Prinzessin.

»Warum er wohl ausgerechnet uns auf dem Kieker hat?«, fragte ich. Aber eigentlich hatte ich gar keine Lust, darüber nachzudenken. Ich hätte auch ganz gut vor mich hin dösen können, ohne irgendetwas zu sagen. Wir saßen draußen im Schulhof. Die Sonne schien und es war warm und friedlich. Sandro murmelte auch nur etwas Unverständliches vor sich hin. Dann machte er es sich gemütlich und schickte sich an, seine Portion zu verspeisen.

»Weil wir anders aussehen als die anderen«, antwortete die Prinzessin und piekste lustlos in ihrem Essen herum. »Wir tragen saubere Kleidung und unsere Haare sind gekämmt. Außerdem schauen wir uns aufmerksam um, beobachten, was passiert und was sich verändert. Der Rattenmann scheint das bemerkt zu haben.«

›Es trägt auch sonst niemand einen Sturzhelm und eine Taucherbrille‹, dachte ich. Außerdem schaute sich nur noch die Prinzessin aufmerksam um.

»Aber warum sollte er etwas dagegen haben?«, fragte ich sie, obwohl mir der Rattenmann in dem Moment eigentlich ganz egal war. Ich dachte nicht mehr so viel über die Dinge nach. Ganz im Gegenteil. Es war doch schön, mit allen Kindern in der Sonne zu sitzen, etwas Leckeres zu essen und den Ratten dabei zuzuschauen, wie sie versuchten, auf ihren Hinterbeinen zu laufen. Einfach die Zeit vergehen zu lassen – ohne lästige Schulaufgaben, ohne Verbote, ohne Regeln. Sandro ging es genauso wie mir. Das konnte ich an seinem satten Grinsen sehen.

»Die Fragen lauten doch wohl eher: Was weiß er und wieso ist er hier?«, erwiderte die Prinzessin mit ernster Stimme.

»Der Rattenmann ist der Schlüssel zu allem!«, platzte Sandro auf einmal heraus. Er fasste sich an die Stirn. »Mensch, hab ich einen Brummschädel. Wie können wir hier einfach so herumhocken? Während die verrücktesten Dinge vor sich gehen und dieser seltsame Typ hier plötzlich auftaucht?«

»Also müssen wir ihn beobachten«, meinte die Prinzessin und schaute Sandro lächelnd an. Sie freute sich, dass er endlich mal wieder etwas sagte.

Plötzlich hatte ich auch Kopfschmerzen. Gleichzeitig kam es mir so vor, als würde ich aus einem dichten Nebel treten.

»So machen wir's«, sagte ich entschlossen. »Er weiß vielleicht, wo die Erwachsenen sind.«

»Na, dann los!«, rief die Prinzessin und sprang auf.

Sandro und ich ließen unser Essen stehen und folgten ihr. Doch es war unmöglich, den Rattenmann zu beobachten oder gar zu verfolgen. Er war plötzlich verschwunden. Und auch am nächsten Tag sahen wir nicht, wie er kam und ging. Er war einfach da und nach der Essensausgabe wieder weg, ohne eine Spur zu hinterlassen. Es war richtig unheimlich. Vor lauter Beobachten und Herumspionieren verpassten wir sogar sein Mittagessen.

Dann fiel uns aber etwas ganz anderes auf.

»Warum gehen die Kinder nicht wieder in ihre Hütten zurück?«, überlegte Sandro. Wir waren nach Hause gegangen, hatten uns nebeneinander aufs Fensterbrett gelehnt und schauten auf die verlassene Straße.

»Das ist wirklich seltsam«, sagte ich. »Seit Tagen scheint wieder die Sonne, aber alle bleiben in der Schule.«

»Sie wird aufgeräumt«, erklärte die Prinzessin.

Sandro und ich schauten sie überrascht an.

»Habt ihr das gar nicht bemerkt? Seitdem der Rattenmann das Essen bringt, wird die Schule von irgendjemandem sauber gemacht und aufgeräumt.«

»Dann kümmert sich also jemand um die Kinder. Er versorgt sie mit Essen und achtet darauf, dass sie nicht völlig verwahrlosen«, erwiderte ich.

»Oder sie«, sagte die Prinzessin.

»Wie bitte?«, fragte ich.

»Es kann auch eine Sie sein, die sich um die Kinder kümmert.«

»Stimmt. Vielleicht ist es eine Sie. Aber warum tut sie oder er das?«

»Vielleicht weil sie oder er keine Kinder hat und gerne welche hätte«, überlegte Sandro.

»Da kommt derjenige ja gerade recht, jetzt wo alle Kinder ihre Eltern verloren haben«, meinte ich.

Und dann sagte bestimmt fünf Minuten lang niemand mehr etwas. Ich beobachtete den Staub, der in den Sonnenstrahlen tanzte, und mir war kalt. Unten traten Herr und Frau Wächter aus dem Haus. Sie nahmen sich an den Händen und hüpften um die verlassenen Hütten herum. Fast hätte ich gegrinst: Herr und Frau Wächter waren bestimmt schon 70 Jahre alt.

»Das wären aber sehr viele Kinder auf einmal, oder?«, unterbrach die Prinzessin das Schweigen und wir mussten lachen. Aber nur ganz kurz.

»Mir ist eigentlich gar nicht zum Lachen zumute«, sagte ich.

»Mir auch nicht«, gab die Prinzessin zu.

Obwohl er seit Tagen nicht mehr stotterte, hielt Sandro sein »Stimmt«-Schild hoch.

»Vielleicht kommen wir dem Ganzen doch noch auf die Spur«, überlegte die Prinzessin weiter. »In den letzten Tagen hattet ihr ja keine große Lust mehr herauszufinden, was eigentlich los ist.«

»Jemand hat dafür gesorgt, dass alle Kinder in die Schule gezogen sind ...«, bemerkte Sandro, als hätte er nicht gehört, was die Prinzessin gesagt hatte. Vielleicht weil es ihm genauso unangenehm war wie mir.

»Das lag doch am Regen«, unterbrach ich ihn.

»Das stimmt. Aber Sandro hat Recht. Irgendjemand sorgt dafür, dass sich die Kinder in der Schule wohlfühlen und nicht wieder weggehen wollen«, meinte die Prinzessin.

»Genau. Obwohl sie sich in der Schule langweilen, sind sie total glücklich und zufrieden. Sie liegen faul in der Sonne, anstatt herumzulaufen und zu spielen. Sie sagen nichts und lassen sich bedienen. Das ist echt nicht normal«, sagte Sandro. »Vielleicht ist etwas im Essen?!«

»Wie meinst du das?«, fragte ich erschrocken und fühlte mich sofort ein bisschen elend, obwohl wir wieder das Mittagessen verpasst hatten.

Sandro schlug sich an die Stirn. »Natürlich ist irgendwas im

Essen! Warum haben wir denn sonst nicht mehr daran gedacht herauszufinden, was eigentlich los ist? Plötzlich waren wir total glücklich und zufrieden.«

»Ich nicht«, sagte die Prinzessin.

»Richtig. Aber du hast ja auch kaum etwas gegessen.«

»Wir werden auf keinen Fall mehr dort essen«, bestimmte die Prinzessin und riss sich vor Aufregung ein rosafarbenes Band vom Rock.

Niemand widersprach ihr.

Dann verschwanden nach und nach die Hütten. Natürlich bemerkte es die Prinzessin als Erste. Denn als wir am nächsten Morgen auf die Straße traten, um zur Schule zu gehen – nicht um zu essen, sondern um endlich herauszufinden, woher der Rattenmann kam und wer in der Schule aufräumte –, schaute sich die Prinzessin aufgeregt um.

»Hier stimmt etwas nicht«, sagte sie.

»Na ja«, erwiderte Sandro, »das haben wir ja schon vor Wochen bemerkt.«

»Aber heute Nacht hat jemand damit angefangen, die Hütten abzubauen«, sagte ich, weil ich es auch gesehen hatte.

»Jemand, der nicht will, dass die Kinder wieder auf die Straßen gehen«, meinte die Prinzessin.

»Jemand, der sich in der Schule um die Kinder kümmert«, fügte Sandro hinzu.

»Es ist aber nicht der Rattenmann«, sagte ich.

»Nein«, bestätigte Sandro, »der Rattenmann arbeitet für ihn.«

»Oder für sie«, näselte die Prinzessin unter ihrer Taucherbrille.

An diesem Tag fielen wir niemandem mehr auf. Am Tag zuvor hatten noch einige Kinder kichernd auf die Prinzessin mit ihrem Sturzhelm und der Taucherbrille gezeigt. Doch nun interessierte das niemanden mehr. Es war, als wären wir unsichtbar. Die meisten Kinder saßen schläfrig im Hof in der Sonne. Erst als der Rattenmann zum Essen klingelte, sprangen sie auf und stürmten dem leckeren Geruch entgegen. Wir näherten uns dem Wagen vorsichtig von hinten, versteckten uns hinter einem Pfeiler und beobachteten die Essensausgabe.

Ich weiß nicht, wie möglich war, was dann passierte. Ich schaute die ganze Zeit angestrengt zum Rattenmann hinüber, aber plötzlich stand er direkt vor uns und hielt drei dampfende Teller in den Pfoten. Als wäre er aus dem Boden gewachsen.

»Bitte schön«, piepste der Rattenmann freundlich. »Ich glaube, ihr hattet noch nichts zu essen.« Seine schwarzen Äuglein glitzerten böse.

Ohne ein Wort zu sagen, nahmen wir die Teller entgegen und liefen Richtung Schulhof. Wir hatten zwei Tage nichts Richtiges mehr gegessen und es war nicht einfach, dem leckeren Geruch zu widerstehen. Wir mussten so schnell wie möglich die Teller loswerden. Als ich mich noch einmal umdrehte, war der Rattenmann verschwunden. Wir warfen die Teller in ein Gebüsch am Rand des Schulhofs.

»Abgezwickter Zwuckel!«, schimpfte die Prinzessin. »Jetzt ist dieser Typ wieder einfach fort.«

Schweigend liefen wir durch die Straßen.

»Da weiß jemand ganz genau, was er tut«, sagte Sandro irgendwann.

»Wir brauchen einen Plan, wenn wir gegen denjenigen kämpfen wollen«, meinte die Prinzessin. Ihre Stimme klang fest und entschlossen und ihre Haare, die unter dem Sturzhelm hervorquollen, leuchteten wie Flammen in der Sonne.

»Oder etwas Glück«, sagte ich, weil ich mich nicht ganz so mutig fühlte wie die Prinzessin.

»Guckt euch das mal an!«, rief die Prinzessin plötzlich und zeigte auf eine Litfaßsäule.

»Ach, das ist Werbung für die Bücher dieses geheimnisvollen Professors. Der schreibt darin, wie man seine Kinder richtig erzieht. Darüber habe ich letztens eine Fernsehsendung gesehen«, sagte ich.

»Die habe ich auch gesehen. War echt interessant. Eltern sollen ihren Kindern mehr Freiheiten lassen, damit sie selbstständig werden …«

»Das meine ich doch gar nicht«, unterbrach die Prinzessin Sandros Ausführungen. »Guckt euch doch mal dieses Konzertplakat an!«

Auf dem Plakat waren drei Frauen abgebildet. Alle drei guckten böse, trugen Ringe durch die Augenbrauen und zerrissene, schwarze Jacken. Eine von ihnen hatte so kurze rote Haare, dass es aussah, als hätte sie eine rote Badekappe auf dem Kopf.

»Das ist doch Frau Müller!«, rief ich überrascht.

»Die wütenden Schwestern, Konzert, Freitag, 21 Uhr im Aquarium«, las Sandro vor. »Wieso spielen die im Aquarium?«

»Vielleicht wollen sie den Fischen etwas vorsingen«, kicherte ich.

»Fische haben doch gar keine Ohren«, sagte die Prinzessin, weil sie meinen Witz nicht verstanden hatte.

»Sie können aber hören. Sie haben Innenohren, die mit der Schwimmblase verbunden sind, und über den Druck, den die Blase ausgleicht … na ja, egal, auf alle Fälle können Fische hören«, erklärte ich.

»In der Mitte des Aquariums ist dieser große Bereich mit den Bänken. Vielleicht finden die ›Wütenden Schwestern‹ es besonders aufregend, dort zu spielen«, sagte die Prinzessin.

»Morgen ist Freitag. Gehen wir da hin?«, fragte Sandro und die Prinzessin und ich waren einverstanden.

Breitmaulfrosch-Müllmänner

Abends beschlossen wir, erst einmal nicht ins Bett zu gehen, damit wir in der Nacht die Straße beobachten konnten. Ich erinnerte mich wieder an die seltsamen Geräusche, die ich vor ein paar Tagen zwischen den Hütten gehört hatte: dieses seltsame Rascheln und Platschen, das eigentlich gar nicht so geklungen hatte, als käme es von herumhuschenden Ratten. Ich hatte Sandro und der Prinzessin davon erzählt und wir wollten herausfinden, wer sich in der Nacht draußen herumtrieb und wer die Hütten abbaute. Damit wir nicht aus Versehen einschliefen, sahen wir ganz lange fern. Aber irgendwann gab es nur noch langweilige Sendungen für Erwachsene. Da wurden Leute dabei gefilmt, wie sie ihr Leben lebten oder etwas kochten. Es war nicht so spannend, anderen beim Leben oder Kochen zuzuschauen. Darum schlief ich irgendwann ein.

Sandro zum Glück nicht. Um Mitternacht weckte er die Prinzessin und mich mit den Worten: »Geisterstunde! Unsere geheimnisvolle Mission ruft!«

Wir lachten eine ganze Weile extra laut, um unsere Angst zu vertreiben. Trotzdem war uns mulmig zumute, als wir die dunklen Kapuzenpullis überzogen, die Sandro von sich zuhause geholt hatte. Ich selbst besaß kein Sweatshirt und die der Prinzessin waren natürlich rosa. Sandro schnappte sich die Taschenlampe, die wir am Abend herausgesucht hatten, und dann schlichen wir auf die dunkle stille Straße hinaus.

Zuerst konnten wir nicht viel entdecken. Wir liefen zwischen den verlassenen Hütten herum und versuchten dabei keine Geräusche zu machen. Es war totenstill und es gab auch nicht allzu viel zu sehen. Wir krabbelten in die einzelnen Unterschlüpfe und Sandro leuchtete mit der Taschenlampe in alle Ecken. Aber da war nichts. Die meisten Hütten waren leer, weil die Kinder ihre Habseligkeiten mit in die Schule genommen hatten.

»Schleimige Nebelschleiche!«, schrie die Prinzessin plötzlich.

Sofort sprang ich neben sie und nahm mit einem lauten »Kiap« die Verteidigungsstellung ein.

»Warum schreit ihr denn hier so herum?«, fragte Sandro, der angelaufen kam.

Im Lichtstrahl seiner Taschenlampe konnten wir eine dicke Ratte vor uns hocken sehen. Sie rannte nicht weg, sondern ließ ihre kleinen, schwarzen Äuglein zwischen uns hin- und herflitzen. Dann grinste sie uns an. Sie trug eine alberne Kappe auf dem Kopf. So eine hatte mir Oma mal für ein Faschingsfest gebastelt.

»Es ist nur eine Ratte mit einer albernen Kappe«, sagte Sandro und ich löste mich wieder aus der Kampfstellung.

»Wieso trägt die so eine alberne Kappe?«, fragte die Prinzessin.

»Wieso nicht? Ich meine, wunderst du dich wirklich noch über irgendetwas?«

»Nein, eigentlich nicht«, antwortete die Prinzessin und zuckte mit den Schultern.

Es huschten noch weitere Ratten zwischen den Hütten umher, aber sie nagten nicht an den Konstruktionen und trugen auch keine Materialien fort. Die Ratten bauten die Hütten also nicht ab. Aber wer dann?

Plötzlich begann der Boden zu vibrieren.

»Hört ihr dieses Brummen?«, fragte Sandro.

Am Ende der Straße erschienen zwei Scheinwerfer, die sich langsam auf uns zubewegten.

»Da kommt etwas angefahren, irgendein großes Auto. Wir sollten uns lieber verstecken«, raunte die Prinzessin und deutete auf einen alten Schrank, der vor einer Hauswand stand.

Wir zwängten uns hinein und zogen von innen die Tür zu. Es war ganz schön eng, aber wenigstens waren wir sicher. Dachten wir zumindest. Aus einem alten Astloch drückte Sandro das Innere heraus, sodass wir ein Guckloch hatten. Aber sehen konnten wir erst einmal nichts.

»Das Auto hat angehalten. Es muss genau neben uns stehen«, flüsterte ich.

Das Vibrieren des Motors war nun richtig laut und kribbelte an den Füßen und am Po. Eigentlich wackelte der ganze Schrank.

»Ob sie uns gesehen haben?«, wisperte die Prinzessin.

Ich hoffe nicht, wollte ich antworten. Stattdessen schrie ich: »Arrggggg!« Denn plötzlich wurden wir in die Luft gehoben.

»Sie haben uns entdeckt und nun sitzen wir in der Falle!«, rief Sandro. Er versuchte trotz des Gewackels ein Auge gegen das Loch zu pressen, um zu sehen, was draußen vor sich ging.

»Achtung, wir werden runtergelassen«, warnte er und da wurden wir auch schon durcheinandergeworfen, als der Schrank mit einem Krachen wieder abgesetzt wurde.

»Sie haben uns auf den Lastwagen geladen«, erklärte Sandro, der unter mir lag.

»Wer sind denn *sie*?«, fragte die Prinzessin über mir und ihr Sturzhelm drückte mir in den Rücken.

So gut es ging, befreiten wir uns voneinander. Ich setzte meine Brille wieder auf und war froh, dass sie schon vorher zerbrochen war. Die Prinzessin seufzte und guckte traurig auf zwei rosa Bänder, die während des Tumults im engen Schrank von ihrem Rock abgerissen worden waren.

»Sehr seltsame Männer«, sagte Sandro, als er wieder durch das Gucklock schaute. »Sie sitzen im Führerhäuschen und scheinen sehr klein zu sein. Außerdem tragen sie braune Gummijacken. Die Gesichter kann ich nicht erkennen. Sie gucken nach vorn.«

»Lass mich auch mal«, sagte ich und Sandro ließ mich an das Loch rücken.

Gerade als ich hindurchschaute, drehte sich einer der kleinen Männer um. Ich erschrak fürchterlich. So etwas hatte ich noch nie gesehen.

»Was ist denn?«, fragte die Prinzessin ängstlich neben meinem Ohr.

»Der sieht gar nicht aus wie ein Mensch«, flüsterte ich und wusste nicht so genau, was ich mit der Gänsehaut machen sollte, die überall auf mir kribbelte.

»Lass mich mal gucken«, raunte die Prinzessin und schob mich zur Seite. Dann presste sie ein Auge auf das Loch. Also eigentlich drückte sie die Taucherbrille gegen die Holzwand mit dem Loch.

»Oh, nein, ist der hässlich!«, schrie sie auf.

»Pst, nicht so laut. Vielleicht wissen sie ja noch gar nicht, dass wir hier drinnen hocken«, warnte ich die Prinzessin. Ich hoffte sehr, dass es so war. Solche wie die da draußen sollten nicht unbedingt wissen, dass wir im Schrank saßen.

»Wie sieht er denn nun aus?«, wollte Sandro wissen.

»Wie ein großmäuliger, warzenübersäter Breitmaulfrosch«, wisperte die Prinzessin und ich konnte spüren, dass sie neben mir zitterte. Vielleicht war ich es aber auch, der zitterte. Oder wir beide zusammen.

»Wenn du den Dingen Namen gibst, dann fürchtest du sie nicht mehr«, flüsterte Sandro.

»Okay«, raunte ich. »Da draußen sind Herr Schlappmaul und seine Kumpels in kackbraunen Regenjacken.«

»Ach so, die«, sagte Sandro und die Prinzessin gluckste leise.

Der Laster setzte sich ruckend in Bewegung.

»Wir müssen ganz dringend über unsere Situation nachdenken. Wo werden wir hingefahren? Sind wir in Gefahr? Wissen die, dass wir hier im Schrank versteckt sind? Und wer sind diese seltsamen Gestalten da draußen?«, sagte ich und schlug mit dem Kopf gegen die Schranktür, weil der Laster abrupt stehen blieb.

»Genau«, erwiderte Sandro flüsternd und rieb sich die Stirn, weil er sich auch gestoßen hatte. »Aber bevor wir über all diese Fragen nachdenken, sollten wir hier so schnell wie möglich verschwinden.«

Sandro öffnete ganz langsam den Schrank. Dann kroch ich als Erster hinaus und rutschte über ein langes Brett hinter eine kaputte Kommode ohne Schubladen. Die seltsamen Gestalten im Fahrerhäuschen bekamen davon zum Glück nichts mit, weil der Motor so laut war. Außerdem sahen die auch nicht so aus, als hätten sie Ohren und könnten etwas hören.

›Vielleicht haben sie ja Innenohren wie die Fische‹, dachte ich und hätte fast gelacht. ›Konzentriere dich‹, ermahnte ich mich aber schnell und sah mich genauer um. Der Schrank lag in einem Riesenhaufen aus Brettern, kaputten Möbeln und Decken. Die kleinen Kerle in den Gummijacken waren damit beschäftigt, den Greifarm des Lastwagens über der nächsten Hütte herunterzulassen. Besonders geschickt stellten sie sich dabei allerdings nicht an. Die Prinzessin und Sandro saßen immer noch im Schrank. Ich gab ihnen Zeichen, dass sie mir folgen sollten.

»Wir sitzen auf einem fahrenden Müllauto und werden von kleinen Männern entführt, die aussehen wie Breitmaulfrösche in kackbraunen Regenjacken«, sagte ich, als die beiden neben mir hinter der Kommode hockten.

Ein rosa Band der Prinzessin war an der Schranktür hängen geblieben und wedelte verräterisch im Wind. Der Greifarm des Lasters schwang gefährlich schnell wieder zurück. Er umklammerte eine halbe Hütte. Über dem Schrank stoppte er und öffnete seine Greifzange. Mit lautem Getöse begrub der Bretterhaufen den Schrank, in dem wir eben noch gehockt hatten. Das Müllauto setzte sich wieder in Bewegung.

»Wir sollten so schnell wie möglich runter vom Laster«, flüsterte Sandro.

Wir krochen bis an das Ende der Ladefläche, ohne dass einer der seltsamen Müllmänner unsere Flucht bemerkte. Vielleicht hatten sie doch keine Innenohren.

»Wir müssen uns über die Rampe schwingen und auf die Straße springen, bevor der Laster schneller fährt«, sagte ich. Ich wusste, dass das gefährlich werden und wir uns dabei verletzen konnten. Aber wir hatten keine andere Wahl.

»Bei drei springen wir alle zusammen«, sagte die Prinzessin.

»Eins, zwei, drei!«, zählte sie und wir griffen mit den Händen den Rand der Ladefläche, zogen uns hoch, schwangen die Beine hinüber und … saßen mindestens zwei Meter hoch über der Straße, die sich immer schneller unter uns bewegte! Der Laster hatte die Hauptstraße erreicht und der Fahrer gab Gas. Wir klammerten uns an unserem schmalen, eisernen Sitz fest und der Fahrtwind sauste um unsere Ohren.

»Tränendes Triefauge! Das schaffen wir nie«, schrie die Prinzessin und die vorbeiflitzenden Lichter der Straßenlaternen spiegelten sich in ihrer Taucherbrille.

»Doch, das schaffen wir. An der nächsten Ampel«, erwiderte Sandro.

»Ich hoffe, der Lasterfahrer-Breitmaulfrosch weiß, dass man bei Rot anhalten muss«, rief ich gegen den Fahrtwind an.

Der Lasterfahrer-Breitmaulfrosch wusste das. Zumindest fiel es ihm gerade noch rechtzeitig ein, denn plötzlich bremste er heftig. Ich konnte mich nicht mehr festhalten und wurde in einem hohen Bogen auf die Ladefläche zurückgeschleudert. Dort landete ich zwischen all den kaputten Möbeln und Hüttenresten. Mit einem Fuß blieb ich in einer Spalte zwischen zwei Brettern stecken. Ruckelnd versuchte ich mich zu befreien. Kurz bevor es mir gelang, fuhr ein stechender Schmerz durch mein Bein. Ein herausstehender Nagel hatte sich in meine Haut gebohrt. Es brannte wie Feuer, aber darauf durfte ich nicht achten. So schnell ich konnte, krabbelte ich wieder zum Rand der Ladefläche. Ich musste es schaffen, hinunterzuspringen, bevor die Ampel auf Grün sprang und der Breitmaulfrosch wieder Gas gab.

»Kurt! Kurt, wo bist du?«, hörte ich die ängstliche Stimme der Prinzessin. Sandro und sie hatten es inzwischen auf die Straße geschafft.

Gerade als ich nach der Rampe fassen wollte, heulte der Laster auf und setzte sich in Bewegung.

»Auweia, Kurt!«, rief die Prinzessin.

Der Holzstapel unter mir rutschte weg und meine Hand reichte nicht mehr an den Rand der Ladefläche heran. In sammelte meine ganze Kraft und sprang aus dem Stand nach oben. Es reichte! Ich bekam den Rand mit beiden Händen zu fassen. Ich zog mich hoch, schwang die Beine über die Rampe und ließ mich auf die Straße fallen. Während ich über meine Schulter abrollte, dankte ich meinem Hapkido-Lehrer für die vielen Stunden, die er mit mir den freien Fall geübt hatte. Vorsichtig stand ich auf. Aber außer der Schürfwunde an meinem Bein hatte ich keine Verletzungen. Nicht einmal meine Brille hatte ich verloren.

Kurt und die Prinzessin rannten auf mich zu.

»Auweia, Kurt!«, rief die Prinzessin noch einmal.

»Hast du dir wehgetan?«, fragte Sandro aufgeregt und drückte mich heftig an sich.

»Hey, hey, ich ersticke ja«, sagte ich und lachte.

Als Sandro und die Prinzessin sahen, dass es mir gut ging, stimmten sie in mein Lachen ein. Mensch, waren wir froh, dass wir drei den Rücklichtern des Lasters hinterherschauen konnten.

»Du hast wie ein richtiger Stuntman ausgesehen«, sagte die

Prinzessin bewundernd. Und mein Bein tat überhaupt nicht mehr weh.

»Ich glaube, das war ein Fehler«, sagte Sandro.

»Ja, das war einer«, bestätigte ich.

»Was war ein Fehler?«, fragte die Prinzessin.

»Wir hätten mitfahren sollen«, antwortete Sandro.

»Dann hätten wir das Rätsel lösen können«, sagte ich.

»Zumindest wären wir irgendwohin gekommen, wo wir das Rätsel hätten lösen können«, ergänzte Sandro.

»Vermoderter Buckelolm!«, schimpfte die Prinzessin.

Horror im Aquarium

Am nächsten Morgen waren wir natürlich todmüde. Darum hatten wir keine besonders gute Laune. Nun wussten wir zwar, dass seltsame Froschmänner in Gummijacken die Hütten abbauten. Aber das brachte uns nicht weiter. Jedenfalls nicht an diesem Morgen. Außerdem tat die Wunde an meinem Bein wieder weh. Die Prinzessin hatte darauf bestanden, sie mit Jod zu bestreichen, damit sie sich nicht entzünden konnte. Das brannte so sehr, dass ich laut aufgeschrien hatte. Nun saßen Sandro und ich im Wohnzimmer auf dem Boden und schauten der Prinzessin dabei zu, wie sie die Bücher in Mamas Bücherregal nach Farben sortierte.

»Kurt, wo ist eigentlich deine Mutter?«, fragte sie.

»Sie ist auf einer Expedition in Belize und erkundet irgendwelche Mayatempel im Dschungel«, erklärte ich.

»Wo ist Belize?«, fragte die Prinzessin.

»In Zentralamerika«, antwortete ich.

»Aha«, machte die Prinzessin. »Ich habe überlegt, ob wir sie nicht mal anrufen sollten.«

»Das habe ich schon versucht. Es gibt aber keine Verbindung und meine Mails kommen auch immer wieder zurück«, sagte ich mit einem dicken Kloß im Hals.

»Verkrusteter Schlammbeißer«, schimpfte die Prinzessin leise.

Neben mir wackelte Sandro hinter seinen Haaren.

»Warum kümmert sich eigentlich niemand anderes um die ganze Sache? Warum müssen wir das tun?«, fragte er.

»Wir könnten in die Schule zum Rattenmann gehen und zu Mittag essen«, schlug ich vor. »Dann würden wir uns auch nicht mehr darum kümmern wollen.« Ich meinte es in dem Moment wirklich ernst.

»Ihr habt sie ja wohl nicht mehr alle!«, rief die Prinzessin und funkelte uns mit ihren Sternenaugen an.

»Aber was sollen wir denn nun machen?«, fragte ich.

»Wir könnten morgen Nacht noch einmal versuchen, dem Mülllaster zu folgen«, schlug Sandro vor und strich sich die Haare hinter die Ohren. »Wir könnten auch noch mal den Rattenmann beobachten.«

So richtig toll fanden wir Sandros Ideen nicht. Wir steckten in einer Sackgasse, wie Mama immer sagt, wenn sie nicht weiterweiß.

»Wir bleiben heute besser hier«, sagte die Prinzessin. »Vielleicht haben uns die Müllmänner gestern doch gesehen und dem Rattenmann Bescheid gesagt. Außerdem sind wir viel zu müde. Lasst uns heute den Tag über faul sein. Heute Abend gehen wir dann ins Aquarium zum Konzert. Ich habe das Gefühl, dass wir dort etwas erfahren werden, das wichtig ist.«

Also waren wir den Tag über faul. Ich breitete meine Pläne und Berechnungen für den besten Computer der Welt aus und zeichnete daran weiter. Aber so richtig konnte ich mich nicht darauf konzentrieren. Die Prinzessin nähte rosa Bänder an ihre Röcke und Kleider. Sandro saß in seiner Ecke und las eines von Mamas Büchern.

»Zeigst du mir ein paar von deinen Hapkido-Techniken?«, fragte er irgendwann und schlug das Buch zu.

»Oh, da würde ich auch gerne mitmachen«, sagte die Prinzessin und legte ihr Nähzeug zur Seite.

Und dann hüpften wir ein bisschen im Wohnzimmer herum und ich zeigte den beiden ein paar Handtechniken und Fußtritte. Es sah toll aus, wie die Prinzessin in ihren Röcken und den rosa Bändern herumwirbelte und »Kiap« schrie. Zum Mittagessen brieten wir Spiegeleier und aßen sie mit Brot. Danach machten wir eine lange Siesta, um Schlaf nachzuholen.

»Lasst uns wieder die Kapuzenpullis anziehen«, sagte die Prinzessin am Abend.

Uns war klar, dass das, was wir vorhatten, gefährlich war. Warum, wussten wir allerdings nicht. Noch nicht. Die Prinzessin packte eine Stirnlampe, ein Seil, ein Multifunktionswerkzeug, einen Kompass, Traubenzuckerbonbons und eine Flasche Wasser in einen Rucksack.

»Brauchen wir das wirklich alles?«, fragte Sandro, der den Rucksack als Erster tragen sollte.

»Man kann nie wissen«, erwiderte die Prinzessin.

Wir düsten mit unseren Fahrrädern durch die dunklen, verlassenen Straßen. Zweimal sahen wir von Weitem eines der seltsamen Müllautos. Dann kamen wir am Zoo an. Wir versteckten unsere Räder in einem Gebüsch und liefen zum Eingang.

Die Prinzessin rüttelte am Tor. »Stinksockiger Rüpfel! Es ist abgeschlossen«, schimpfte sie.

»Das ist seltsam. Wie sollen denn die Gäste zum Konzert ins Aquarium kommen?«, wunderte ich mich.

»Vielleicht gibt es noch einen Zugang«, überlegte Sandro.

Wir beschlossen, am Zaun entlangzulaufen und einen weiteren Eingang zu suchen.

»Es gibt keinen anderen«, sagte die Prinzessin, als wir eine halbe Stunde später wieder vor dem verschlossenen Haupteingang standen.

Ich zeigte auf das hohe Tor. »Wir müssen da wohl drüberklettern«, murmelte ich. Die Prinzessin schaute auf den Stacheldraht, der auf dem Tor angebracht war, und dann auf ihren Rock mit den rosa Bändern.

»Ich glaube, das schaffen wir nicht«, sagte ich schnell.

»Brauchen wir auch nicht. Kommt mit«, rief Sandro und lief noch einmal am Zaun entlang um den Zoo herum.

»Aber es gibt doch gar keinen Nebeneingang«, protestierte ich.

»Dann werden wir uns eben einen bauen«, erwiderte Sandro.

»Ach so.« Ich hatte keine Ahnung, was er meinte. Die Prinzessin und ich rannten ihm nach.

An einer Stelle verlief der Zaun durch ein Gebüsch und war vom Weg aus nicht zu sehen. Dort blieb Sandro stehen.

»Wir haben ja alles, was wir brauchen, stimmt's?«, sagte er, holte das Multifunktionswerkzeug aus dem Rucksack und grinste uns an. Dann klappte er die Schere aus.

Es war unheimlich schwer, die Maschen des Zaunes durchzuschneiden, und wir mussten uns abwechseln, weil wir Krämpfe in den Händen bekamen. Aber irgendwann war das Loch groß genug, sodass wir hindurchkrabbeln konnten. Dann suchten wir den Weg zum Aquarium. Es roch nach wilden Tieren und dieser Geruch kam mir viel stärker vor, als ich es von meinen früheren Zoobesuchen kannte.

»Es ist wirklich still hier drinnen«, murmelte ich.

»Also still finde ich es hier nicht gerade«, sagte die Prinzessin.

Wir blieben einen Moment stehen und lauschten. Wir hörten das Fauchen, das Gebrüll und die Schreie der nachtaktiven Tiere. Sie hatten wohl unser Kommen bemerkt und begrüßten uns freundlich. Jedenfalls redete ich mir ein, dass ihre Begrüßung freundlich war, und hoffte insgeheim, dass alle Käfige gut verschlossen waren.

»Es ist jedenfalls kein Mensch hier«, stellte Sandro fest.

»Musik kann man auch nicht hören«, sagte ich.

»Scheint ein ganz kleines Konzert zu sein«, vermutete die Prinzessin.

Endlich fanden wir das Aquarium. Aber auch das war verschlossen. Wir liefen einmal um das Gebäude herum und versuchten, durch die winzigen Fenster zu spähen. Die waren jedoch zu hoch und wir kamen nicht an sie heran.

»Und nun? Wie kommen wir da jetzt rein?«, fragte die Prinzessin seufzend.

»Vielleicht müssen wir gar nicht mehr ins Aquarium rein«, sagte ich. »Es scheint hier ja überhaupt kein Konzert stattzufinden.«

»Stimmt«, sagte die Prinzessin und guckte so verdutzt, dass ich beinahe gelacht hätte.

»Kommt mal schnell her!«, hörten wir Sandro rufen. Wir liefen um die Ecke und sahen, wie er sich mit den Händen an eins der hohen Fensterbretter klammerte. Seine Beine baumelten in der Luft.

»Wie bist du denn da hochgekommen?«, fragte die Prinzessin.

»Mit dem dicken Ast da«, schnaufte Sandro. Unter dem Fenster lag ein zerbrochener Ast, den Sandro gegen die Wand gelehnt und als Leiter benutzt hatte. Unter seinem Gewicht war er aber durchgebrochen.

»Kurt, machst du mal eine Räuberleiter für mich?«, bat Sandro. Seine Stimme zitterte vor Anstrengung.

»Du hängst schon viel zu hoch«, sagte ich. »Da nützt dir eine Räuberleiter nicht viel. Stell dich lieber auf meine Schultern.« Ich positionierte mich unter seine Füße.

»Moment mal«, sagte die Prinzessin und zog Sandro die Schuhe aus. »So ist es besser.«

Sandro stellte sich auf meine Schultern und ließ sich von der Prinzessin die Stirnlampe aus dem Rucksack geben. Er setzte sie auf und drehte sich zum Fenster.

»Und? Was siehst du da drinnen?«, fragte ich.

»Eigentlich nichts Besonderes. Nur Fische, die still im Wasser stehen. Die hören bestimmt kein Konzert. Die schlafen.« Sandro kicherte. Doch plötzlich begann er auf meinen Schultern zu zappeln und versuchte, sich auf die Zehenspitzen zu stellen.

»Au, das tut weh«, beschwerte ich mich, aber Sandro war nicht zu stoppen.

»Da ist noch etwas«, flüsterte er mit ganz heiserer Stimme. »Da krabbelt was am Boden herum.«

»Was ist es denn?«, fragte die Prinzessin.

Sandro hüpfte wieder auf meinen Schultern herum und ich machte einen steifen Rücken.

»Es hat keinen Sinn. Ich bin zu klein und kann nicht auf den Boden gucken.«

»Vielleicht sind es Ratten mit lustigen Kappen«, sagte ich. Das erschien mir sehr logisch. Schließlich waren die Ratten überall.

»Nein, keine Ratten. Was immer es ist, es ist größer.«

»Größer?«, wisperte die Prinzessin. »Das Tier ist größer?«

»Es ist nicht *ein* Tier«, antwortete Sandro. »Es sind viele Tiere.«

»Dreimalgekringelter Lotzi«, fluchte die Prinzessin und ich hatte plötzlich große Lust, einfach wieder nach Hause zu gehen. Aber nur für einen klitzekleinen Moment.

Sandro krabbelte von meinen Schultern. »Gib mir mal bitte das Seil«, sagte er und die Prinzessin gab es ihm. Sandro sprang ein Stück in die Höhe und warf dabei das Seil nach oben. Es fiel wieder runter.

»Warum machst du das?«, fragte die Prinzessin erstaunt.

»Ich will das Seil da oben festmachen«, erklärte Sandro und zeigte auf einen großen rostigen Eisenring an der Dachkante. Dann probierte er es noch einmal. Doch wieder fiel das Seil herunter, ohne den Ring berührt zu haben.

»Wenn es dir nichts ausmacht, würde ich es gerne einmal versuchen«, sagte ich.

Ich nahm das Seil, zielte und ließ es wie ein Lasso fliegen. Das Seil flog durch den Ring und ich konnte das andere Ende zu mir herunterziehen.

»Ein kleiner Seilzug«, erklärte ich.

»Wie praktisch«, hauchte die Prinzessin und mir rutschte fast die Brille von der Nase.

»Wir ziehen jetzt einen von uns am Seil hoch und der kann dann nachsehen, was da drinnen vor sich geht«, sagte ich. »Der Ring sieht allerdings ganz schön wacklig aus.«

»Kurt, du bist der Kleinste. Wir ziehen dich hoch«, sagte die Prinzessin.

Dagegen konnte ich nichts einwenden. Außerdem hatte ich eine Idee, wie ich mich am Seil festhalten konnte. Ich wickelte das Seil um einen meiner Füße und um mein rechtes Handgelenk. Dann hielt ich es mit beiden Händen oberhalb des umwickelten Gelenks fest. Das hatte ich mal im Zirkus bei einem Artisten gesehen. Sandro setzte mir die Stirnlampe auf und die Prinzessin verteilte eine Runde Traubenzucker zur Stärkung. Dann griffen Sandro und sie das andere Ende des Seils. Ich spannte meinen Körper an und die beiden zogen mich hoch. Ich erreichte das Fenster und reckte meinen Kopf. Der Strahl der Stirnlampe fiel in das Innere des Aquariums. Bis auf den Boden. Dann wurde mir schlecht.

»Ach, du grüne Neune!«, entfuhr es mir.

Am Boden des Raumes wimmelte es von seltsamen Kreaturen, die mit ihren riesigen Augen ins Licht glotzten. Offensichtlich waren sie genauso erschrocken wie ich. Plötzlich ging ein Ruck durch die gruselige Versammlung und wie ein Blitz verschwanden die glupschäugigen Wesen durch eine große Abflussöffnung in der Kanalisation. Der Letzte schob den Deckel wieder über das Loch. Nach wenigen Sekunden lag das Aquarium still und verlassen. Nur die Fische schliefen noch immer in ihren Becken. Es war einfach schauerlich.

»Könnt ihr mich bitte ganz schnell wieder runterlassen?«, wimmerte ich.

Sandro und die Prinzessin ließen erschreckt das Seil locker.

Ich sauste nach unten. Glücklicherweise hielt Sandro das Seil im letzten Moment wieder fest.

»Was hast du gesehen?«, fragte die Prinzessin und streichelte mir sanft über den Kopf.

Am liebsten hätte ich die Augen zugemacht. Doch das ging nicht. Dann glotzten mich nämlich riesige Glupschaugen an. Ich war mir sicher, dass Sandro und die Prinzessin mir nicht glauben würden. Trotzdem musste ich ihnen erzählen, was ich gesehen hatte.

»Es waren lauter Molche, Lurche und Olme …«

»Was sind Olme?«, unterbrach mich die Prinzessin.

»Gehören auch zur Familie der Lurche«, sagte Sandro. »Aber wieso dachte ich vorhin, es wären große Tiere?«

»Weil sie groß waren«, erklärte ich. »Sie waren etwa so groß wie Kindergartenkinder.«

»Vielleicht waren das japanische Riesenmolche. Die werden bis zu einem Meter fünfzig lang«, versuchte es Sandro mit einer logischen Erklärung.

»Es waren aber verschiedene Lurche. Nicht nur eine Art. Außerdem trugen sie Regenjacken. Kackbraune Gummijacken.«

Wir guckten uns an und ich glaube, in dem Moment empfanden wir drei dasselbe: Grusel und ein kleines bisschen Angst und Aufregung und Neugier.

»Schleimgrüner Erbsenenterich!«, sagte die Prinzessin. »Dann sehen die Müllmänner gar nicht aus wie Breitmaulfrösche, sondern …«

»… sondern es sind Breitmaulfrösche«, beendete ich ihren Satz.

»Und hier im Aquarium scheinen sie ihren Versammlungsort zu haben.«

Später erfuhren wir, dass auf dem Plakat mit »Aquarium« eigentlich eine Bar in der Innenstadt gemeint war, in der Konzerte stattfanden. Aber das war nicht mehr wichtig. Ich glaube, uns hätte das Konzert der »Wütenden Schwestern« sowieso nicht so gut gefallen.

Das Wagnis

So schnell wir konnten, fuhren wir nach Hause. Als wir am Park vorbeikamen, drang laute Musik und Gelächter an unser Ohr.

»Wollen wir mal nachsehen, was da los ist?«, fragte Sandro.

»Ich habe heute eigentlich genug seltsame Sachen erlebt«, meinte die Prinzessin. Aber wir waren dann doch neugierig. Also machten wir einen Umweg durch den Park. Die Kinder hatten sich nicht getraut, hier ihre Hütten zu bauen. Denn der Park war nachts mit seinen riesigen Platanen ganz schön gruselig. Aber in dieser Nacht nicht. Denn in den Bäumen hingen lauter Lichterketten und im Gras steckten Fackeln. Zwischen den Blumenbeeten lagen Decken ausgebreitet. Daneben war ein großes Buffet aufgebaut und aus kleinen Lautsprechern klang wilde Rockmusik. Viele Erwachsene tanzten, aßen oder saßen lachend auf den Decken.

Wir blieben in einiger Entfernung stehen und beobachteten das bunte Treiben. Die Prinzessin zeigte auf das Schild, das alle Kinder des Viertels kennen und blöd finden:

Betreten der Grünfläche verboten!
Fußballspielen auf dem Rasen verboten!
Hunde sind an einer Leine zu führen!

Eigentlich darf man im Park nur spazieren gehen und das ist nur was für ältere Leute. Und nun fand hier, mitten auf der Grünfläche, eine Party statt! Um die Verbote kümmerte sich niemand.

»Ist ja toll«, meinte ich.

»Wie im Urlaub«, sagte die Prinzessin und im Schein der Lichter sah ich, dass sie lächelte.

Als wir später in meinem Zimmer lagen, war an Schlaf natürlich nicht zu denken. Dafür hatten wir einfach viel zu viel erlebt. Jedes Mal, wenn ich die Augen zumachte, starrten mich hundert riesige Echsen- und Lurchaugen an und dann sah ich die glänzenden Leiber in den braunen Gummijacken wieder in die Abflüsse kriechen. Wir wollten gar nicht darüber nachdenken, wie und wo die Abflüsse einer Stadt miteinander verbunden waren. Immerhin heißt es ja Abwassersystem. Ein System ist etwas Verbundenes. Wir waren froh, dass wir im dritten Stock wohnten.

»Rosaschimmliges Abflussrohr«, fluchte die Prinzessin leise ins Zimmerdunkel hinein.

»Musst du auch mal zur Toilette?«, fragte Sandro.

»Ich muss auch«, sagte ich.

»Wir könnten alle zusammen gehen«, schlug die Prinzessin vor. »Ich meine, nur zur Sicherheit.«

Trotzdem war mir etwas mulmig zumute, als ich dann auf der Toilette saß, und ich beeilte mich. Ich überlegte sogar, im Stehen zu pinkeln. Aber im Stehen pinkle ich nicht, weil Oma sagt, das sei eine Sauerei. Um mich abzulenken, dachte ich darüber nach, dass die Prinzessin, Sandro und ich nun echte Freunde waren. Weil wir zusammen pinkeln gingen.

Als wir wieder im Bett lagen, konnten wir immer noch nicht einschlafen.

»Bevor wir hier nur dumm herumliegen, lasst uns lieber überlegen, was wir als Nächstes tun«, sagte die Prinzessin und knipste das Licht wieder an. »Erst einmal sollten wir alles aufschreiben, was wir gesehen haben.«

»Ich schreibe«, sagte Sandro und die Prinzessin hatte nichts dagegen. Ich auch nicht.

»So«, sagte die Prinzessin, als Sandro zwanzig Minuten später den Stift wieder zur Seite legte.

»So«, sagte auch Sandro und dann schauten die beiden mich auffordernd an. Sollte ich auch noch einmal »So« sagen?

»Also«, sagte ich stattdessen, »aufgrund unserer Beobachtungen …«

»Aufgrund unserer Beobachtungen«, wiederholte die Prinzessin kichernd, aber ich achtete gar nicht darauf, sondern fuhr fort: »… wissen wir, dass das Geheimnis unter der Stadt liegt, nämlich in der Kanalisation.«

»Das wissen wir?«, fragte die Prinzessin, die anscheinend auf dem Schlauch stand.

»Na, das ist doch klar«, antwortete Sandro. »Große Breitmaulfrösche bauen die Hütten der Kinder ab. Ein Rattenmann verteilt Essen mit irgendeiner Droge, die die Kinder faul und zufrieden macht. Hunderte Ratten bevölkern die Straßen. Sie freunden sich mit den Kindern an und beobachten alles ganz genau. Wahrscheinlich räumen irgendwelche Riesenlurche die Schule auf. Jedenfalls gab es eine Versammlung dieser Viecher im Aquarium und wir wurden zufällig Zeugen davon. Sie sind in der Kanalisation verschwunden, wo ja auch die Ratten wohnen. Kurt hat Recht. Irgendetwas geht da unten vor. Wir müssen runtersteigen und nachsehen.«

»Auweia«, sagte die Prinzessin, aber da war es schon eine beschlossene Sache. Wir würden unter die Stadt in die dunkle, feuchte Kanalisation steigen. Dorthin, wo alle Abflussrohre endeten. Dorthin, woher die Ratten kamen und wo die riesigen Lurche, Molche und Olme in den braunen Gummijacken hausten.

»Wann gehen wir in die Kanalisation?«, fragte ich.

»Am besten tagsüber«, antwortete die Prinzessin. »Vielleicht ist es dann nicht so dunkel da unten.«

»Wir sollten das lieber in der Nacht machen«, sagte Sandro.

»Das ist wahrscheinlich wirklich besser«, bestätigte ich. »In der Nacht sind die Breitmaulfrösche mit den Mülllastern unterwegs, die Lurche putzen die Schule und die anderen halten irgendwo Versammlungen ab.«

»Stimmt«, sagte die Prinzessin, »dann begegnen wir da unten nicht ganz so vielen von denen.«

Das hoffte ich auch. Obwohl ich irgendwie ahnte, dass wir uns irrten. Wie sehr wir uns jedoch täuschten, hätte ich mir nicht einmal in meinen schlimmsten Albträumen ausmalen können.

Eigentlich war ich mir sicher, dass ich die ganze Nacht kein Auge zumachen würde. Aber irgendwann schlief ich doch ein.

Am nächsten Tag schien die Sonne hell am Himmel. Das Erlebnis im Aquarium erschien mir am Morgen wie ein halb vergessener Traum. Sandro und die Prinzessin waren schon aufgestanden und ich sprang beinahe fröhlich aus dem Bett. Aber ich drückte mich davor, zur Toilette zu gehen, und überlegte, schnell in den Garten im Hinterhof zu hüpfen und die Pflanzen zu wässern.

Ich fand Sandro und die Prinzessin im Zimmer meiner Mutter. Sie hatten die große Truhe mit der Überlebensausrüstung ausgeräumt und alles auf dem Teppich ausgebreitet. Die Gegenstände lagen nach Farbe und Größe sortiert in einer langen Reihe.

»Okay«, sagte die Prinzessin gerade. »Wir haben für jeden einen Schutzhelm, eine Taucherbrille und einen Schnorchel, einen wasserdichten Sack, ein Multifunktionswerkzeug, eine Einwegkamera mit Blitz, ein Sturmfeuerzeug, vier Notsignale, eine Taschenlampe, Pfefferspray ...«

»Pfefferspray?«, rief ich. »Das dürfen wir nicht nehmen! Das ist total gefährlich und kann ins Auge gehen! Das würde meine Mutter nie erlauben.«

Sandro und die Prinzessin schauten mich an.

»Guten Morgen erst einmal«, sagte die Prinzessin.

»Guten Morgen erst einmal«, sagte ich. »Das Pfefferspray dürfen wir nicht nehmen. Das ist total gefährlich und kann ins Auge gehen. Das würde meine Mutter nie erlauben.«

»Deine Mutter ist aber nicht hier«, erklärte Sandro. »Oder denkst du wirklich, wir können jetzt darauf Rücksicht nehmen, was deine Mutter normalerweise verbieten würde?«

Ich schüttelte den Kopf. Nein, das dachte ich natürlich nicht. Das hier war keine normale Situation und Mama war in Belize.

»Wir müssen vielleicht die Welt retten, Kurt«, sagte die Prinzessin und ihre Sternenaugen leuchteten.

Dieser Satz ging mir nicht mehr aus dem Kopf. Nicht einmal für eine Sekunde. Wir mussten vielleicht die Welt retten! Dass wir aber erst einmal die Prinzessin retten mussten, das konnten wir noch nicht wissen.

»Also«, fuhr die Prinzessin fort, »Regenponcho, Müsliriegel, eine Wasserflasche, Pflaster, Desinfektionsspray ...«

Ich wollte das alles gar nicht so genau wissen. Das Sortieren der Ausrüstung machte mich ganz nervös. Denn wenn man all das brauchte, dann brach man nicht zu einem Spaziergang auf. Ich beschloss, jetzt doch zur Toilette zu gehen.

Im Bad räumte ich erst einmal den Klodeckel frei. Darauf lagen Omas Fleischklopfer, Papas Briefbeschwerer aus Stahl, Mamas Hanteln und zehn Bände Meyers Lexikon. Dann inspizierte ich die Toilettenschüssel ganz genau. Es war nichts Ungewöhnliches zu entdecken. Die Wasseroberfläche war glatt und alles war still. Das änderte sich erst, als ich auf der Brille saß.

›Wenn jetzt jemand aus der Kanalisation ins Klo steigt, fällt ihm was auf den Kopf‹, dachte ich und lachte leise. Dann lachte ich lauter, sodass es im Bad hallte.

Nachdem wir unsere Überlebensausrüstung in drei Rucksäcke verstaut hatten, frühstückten wir erst einmal. Dann brachen wir Richtung Schule auf. Wir wollten uns den Rattenmann noch einmal vornehmen. Vielleicht konnten wir doch noch herausfinden, woher er kam und wohin er ging.

»Vielleicht führt er uns ja zum Eingang des Hades«, sagte Sandro.

»Wohin?«, fragte ich.

»Der Hades ist in der griechischen Mythologie die Unterwelt – die Welt der Toten«, antwortete Sandro.

»Wir wollen doch bloß in die Kanalisation unter unserer Stadt«, sagte die Prinzessin und klang ein bisschen verärgert. Ich fand auch, dass schon alles gruselig genug war – auch ohne den Hades.

Die Prinzessin trug zur Sicherheit wieder Sturzhelm und Taucherbrille.

»Wir sollten von so wenigen Ratten wie möglich gesehen werden«, sagte Sandro. »Sie sind wahrscheinlich so eine Art Überwachungssystem.«

Aber das war gar nicht so einfach. Die erste Ratte erwartete uns schon vor der Haustür.

»Hoffentlich hat das Überwachungssystem Lücken«, bemerkte die Prinzessin. »Sonst haben wir keine Chance, unbemerkt in die Kanalisation zu steigen.«

»Vielleicht ist deine Taucherbrille doch zu auffällig«, mutmaßte ich.

»Da hast du wahrscheinlich Recht«, sagte die Prinzessin und lief zu Frau Wächters Wäscheleinen, die sich durch den Hinterhofgarten spannten. Sie nahm drei Klammern ab und kam zu uns zurück.

»Ich nehme lieber die Taucherbrille ab und klemme mir stattdessen die Wäscheklammer auf die Nase. Und ihr nehmt besser auch eine, damit euch der Geruch nicht zum Essen verführt.«

Ich war mir nicht sicher, ob Wäscheklammern auf unseren Nasen wirklich unauffällig waren. Außerdem zwickte es ein bisschen. Aber ich sagte nichts.

In der Schule versteckten wir uns wieder hinter einer der

großen Stützsäulen in der Aula. Wir konnten den Rattenmann mit seinem Wagen von hinten sehen. Sobald das Essen auf den Wärmeplatten verteilt war, griff er in eine Schublade im Wagen und holte ein neues Tablett mit fertigen Hähnchenschenkeln heraus, die er auf die Platte schüttete, wo sie weiterbrutzelten.

»So viel Essen passt doch da gar nicht rein«, raunte die Prinzessin.

»Nein, das ist unmöglich. Die Schublade wird wahrscheinlich immer wieder neu gefüllt«, sagte Sandro.

»Genau, und zwar von unten«, überlegte ich. »Im Wagen muss eine Art Speiseaufzug sein. Wahrscheinlich gibt es da einen Schacht, der in die Kanalisation reicht.«

»Den gibt es tatsächlich«, bestätigte die Prinzessin. »Unter dem Wagen ist eine Klappe im Boden. Die benutzen die Putzfrauen, wenn sie hier sauber machen. Unter der Klappe ist ein Wasserhahn und ein Abfluss für das schmutzige Putzwasser.«

»Was macht ihr denn hier?«, fragte plötzlich jemand hinter uns.

Wir fuhren vor Schreck zusammen. Als wir uns umdrehten, stand da aber nur Johannes und nicht der Rattenmann.

»Pst!«, machte Sandro, aber Johannes brach in schallendes Gelächter aus.

»Wie seht ihr denn aus?«, rief er lachend.

»Johannes, bitte sei still!«, flehte die Prinzessin.

Aber Johannes konnte einfach nicht mit dem Lachen aufhören. Man konnte es bestimmt in der ganzen Schule hören.

»Warum tragt ihr denn Wäscheklammern auf der Nase?«, fragte er und bekam einen fürchterlichen Schluckauf.

In dem Moment sah ich, dass sich der Rattenmann neugierig zu uns umdrehte.

»Klammern ab!«, zischte ich keine Sekunde zu früh. Denn kaum hatten wir uns die Wäscheklammern von den Nasen gezogen, stand auch schon der Rattenmann vor uns.

»Ihr seid spät dran«, piepste er vorwurfsvoll, »und gestern wart ihr auch nicht hier.«

»Das stimmt nicht«, log die Prinzessin und ihr grünliches Gesicht schimmerte ein bisschen rosa. Sie log wohl nicht so gerne.

»Na, na«, machte der Rattenmann, sagte aber nichts weiter, sondern griff nach meiner Hand und zog mich zu seinem Wagen. Entsetzt starrte ich auf seine rosafarbene Pfote mit den langen, spitzen Krallen. Ich hätte mich bestimmt befreien können. Aber das wäre nicht klug gewesen. Wir hatten auch so schon genug Aufmerksamkeit erregt. Also ließen wir uns jeder einen gefüllten Teller geben und gingen in den Pausenhof. Der Duft des leckeren Essens stieg uns in die Nase und sogar die Prinzessin guckte sehnsüchtig auf den knusprigen Schenkel.

»Immer nur Hähnchen mit Pommes«, meckerte Sandro.

»Genau, viel zu fettig«, sagte ich und das Wasser lief mir im Munde zusammen.

Als wir sicher waren, dass uns der Rattenmann nicht mehr sehen konnte, versteckten wir die Teller wieder im Gebüsch und liefen um das Schulgebäude herum. Durch den Nebeneingang schlichen wir hinein, liefen zurück in die Halle und versteckten uns hinter der Säule. Johannes war nicht mehr zu sehen. Gerade ging das letzte Kind mit seiner Essensration in Richtung Schulhof. Was würde der Rattenmann jetzt tun? In dem Moment lief eine Ratte an seinem Wagen vorbei und wir hörten einen scharfen Pfiff. Der Rattenmann schaute sich hektisch nach allen Seiten um, öffnete eine Klappe am Wagen und kroch in die Öffnung. Mit einem leisen Klacken ging die Klappe wieder zu.

Die Prinzessin schnappte nach Luft. »Kein Wunder, dass wir nie gesehen haben, wie der Rattenmann kommt und geht.«

Wir warteten noch eine Weile. Dann schlichen wir zum Wagen und öffneten vorsichtig die Klappe. Abwechselnd steckten wir unsere Köpfe in das Loch. Ein kalter, modrig riechender Luftstrom kam uns entgegen. Wir sahen aber nichts außer einem undurchdringlichen Schwarz.

»Auf alle Fälle haben wir einen Eingang in die Unterwelt gefunden«, stellte die Prinzessin fest. Und wir beschlossen, ihn in der Nacht zu benutzen.

Vom Erdboden verschluckt

Doch dazu kam es nicht. Denn plötzlich war die Prinzessin verschwunden. Sie war noch einmal nach draußen gegangen, um im Supermarkt etwas zu essen zu besorgen. Wir fragen uns heute noch, warum wir sie alleine gehen ließen. Aber an dem Nachmittag dachten wir uns nichts dabei. Wir ahnten zwar, dass wir beobachtet wurden. Aber dass wir auf Schritt und Tritt überwacht wurden, wussten wir nicht.

Es dauerte also ganz schön lange, bis wir uns um die Prinzessin Gedanken machten. Irgendwann steckte Sandro die Nase unter seinen Haaren hervor und fragte: »Wo bleibt eigentlich die Prinzessin?«

Ich schaute von meinen Berechnungen auf und sah auf die Uhr. Es waren drei Stunden vergangen, seit die Prinzessin aus dem Haus gegangen war! So lange konnte es wirklich nicht dauern, ein paar Lebensmittel aus den Regalen zu nehmen. Selbst dann nicht, wenn man bummelte.

»Vielleicht hat sie jemanden getroffen und sich verquatscht?«, vermutete ich. Ich wollte mir lieber nicht vorstellen, was alles passiert sein konnte.

Aber Sandro band sich schon die Haare zusammen und zog die Schuhe an. »Wir müssen sie suchen.«

Wir liefen zum Supermarkt und gingen einen anderen Weg wieder zurück. Wir schauten noch einmal in der Schule vorbei und guckten in die verlassenen Hütten, die noch nicht abgebaut worden waren. Wir fragten alle, die uns begegneten, nach einem Mädchen mit feuerroten Haaren unter einem Sturzhelm, einer Wäscheklammer auf der Nase und rosa Bändern an den Kleidern. Aber niemand hatte sie gesehen. Die Erwachsenen sowieso nicht. Sie waren alle mit sich selbst beschäftigt und hatten keine Zeit oder keine Lust, auf unsere Frage zu antworten. Bestimmt hätten uns die Ratten weiterhelfen können. Doch die konnten ja nicht sprechen. Heute weiß ich, dass sie uns sowieso nicht geholfen hätten. Ganz im Gegenteil.

Als es dunkel wurde, gingen wir wieder nach Hause. Wir setzten uns in mein Zimmer, ohne das Licht anzuschalten. Lange Zeit sagten wir nichts. Ich wusste auch nicht, was ich denken sollte. Es war, als hätte mir jemand alle Gedanken geklaut. Oder war das alles gar nicht wahr?

»Das fühlt sich alles an wie ein böser Traum«, murmelte ich vor mich hin.

»Ich würde gerne aufwachen«, sagte Sandro, der wieder in seiner Ecke hockte.

Wir gingen zusammen aufs Klo und dann ins Bett. Hunger hatten wir keinen und reden wollten wir auch nicht. Ich wartete auf die Prinzessin. Aber sie kam nicht wieder. Irgendwann muss ich trotz allem eingeschlafen sein. Als ich am nächsten Morgen aufwachte und die Prinzessin immer noch weg war, wäre ich am liebsten im Bett geblieben und hätte die Augen wieder zugemacht. Darum blieb ich erst einmal im Bett liegen und machte die Augen wieder zu.

»Ich wünsche mir, dass der ganze Spuk vorbei ist«, murmelte ich. »Ich wünsche mir, dass die Prinzessin und alle Eltern wieder nach Hause kommen, dass Frau Müller wieder ihre Perücke trägt, dass die Frösche und Lurche schrumpfen und keine Gummijacken mehr anhaben und dass alles wieder so ist wie vorher.«

»Kurt, wir müssen die Prinzessin finden«, sagte Sandro.

Ich wusste, dass er Recht hatte. Manchmal hilft es ja, wenn man sich etwas aus vollem Herzen wünscht. Aber manchmal eben auch nicht. Dann muss man selber etwas tun. Also zogen wir unsere Schuhe an und gingen runter auf die Straße.

»Wir müssen uns ganz genau umschauen«, sagte Sandro. »Irgendeine Spur muss es geben. In einer Geschichte gibt es auch immer eine Spur. Sonst wäre sie bald zu Ende.«

Wir taten, als bummelten wir ein bisschen herum, damit die Ratten nicht auf uns aufmerksam wurden. An diesem Tag schienen noch mehr von ihnen unterwegs zu sein als sonst. Immer wieder hörten wir ihre scharfen Pfiffe durch die Straßen gellen. Wir entdeckten auch immer mehr Ratten mit albernen Kappen.

»Sie wurde entführt«, sagte Sandro auf einmal.

»Ich weiß«, sagte ich.

Wir waren uns ziemlich sicher, dass entweder der Rattenmann oder die Breitmaulfrösche und Lurche oder alle zusammen die Prinzessin entführt hatten.

»Vielleicht ist sie ja gar nicht in der Kanalisation. Sie könnte ja auch hier oben gefangen gehalten werden«, überlegte Sandro hoffnungsvoll.

Wir wollten lieber nicht darüber nachdenken, dass die Lurche vielleicht im Auftrag von etwas Größerem oder Furchtbarerem handelten, das unter der Stadt hauste und die Prinzessin in seiner Gewalt hatte. Es war auch so schon schlimm genug.

Da wir sowieso erst in der Nacht in die Kanalisation steigen wollten, beschlossen wir, uns noch einmal in der Stadt umzusehen. Aber als wir drei Stunden später im Schulhof saßen, hatten wir nicht die kleinste Spur der Prinzessin entdeckt. Wir knabberten trockene Müsliriegel und beobachteten die anderen Kinder.

Plötzlich bemerkte ich etwas aus dem Augenwinkel. Etwas Rosafarbenes. Ich drehte schnell den Kopf und sah eine Ratte davonhuschen. Sie trug eine Kappe. Und daran wehte ein rosa Band.

»Sandro, hast du das gesehen?«, rief ich und sprang auf.

»Pst!«, machte Sandro. »Nicht so laut.«

»Die Ratte«, flüsterte ich. »Sie hatte ein rosafarbenes Band an ihrer Kappe!«

»Was?« Nun war Sandro auch ganz aufgeregt.

»Sollen wir der Ratte folgen oder ist das eine Falle? Was meinst du?«

»Zu spät! Die Ratte ist nicht mehr da!«, sagte Sandro.

»Verdammt. Das war bestimmt die Prinzessin, die der Ratte das Band umgebunden hat! Sie will uns ein Zeichen geben. Wir müssen nur herausfinden, was es bedeutet.«

Doch das war gar nicht so einfach. Die Ratten liefen überall herum – auf den Straßen, aber auch in der Kanalisation. Die

Prinzessin hätte also auch überall sein können. Als wir eine zweite Ratte mit einem rosafarbenen Band an ihrer Kappe sahen, versuchten wir ihr zu folgen. Vergeblich. Sie war viel zu schnell wieder verschwunden. Uns blieb keine Wahl: Wir mussten durch die Klappe im Wagen des Rattenmannes unter die Stadt steigen. Wir mussten nur noch die Nacht abwarten.

Damit die Zeit schneller verging, liefen wir noch einmal durch das Viertel. Leider erfolglos. Bis zum Abend wuchs so ein blöder Kloß in meinem Bauch. Er wurde größer und größer. Es war, als würde er mir die Luft abdrücken.

»Schau mal«, sagte Sandro und stieß mir mit dem Ellenbogen in die Seite. Er deutete auf die Baustelle der neuen Schulsporthalle. Solange ich denken konnte, gab es die schon. Irgendwann hatten Arbeiter die Baugrube ausgehoben, eine Menge Beton hineingegossen und dann nicht mehr weitergebaut. Der Stadt war das Geld ausgegangen, hieß es. Nun sammelten sich Regenwasser und Müll in der Grube. Der Regen der letzten Woche hatte einen kleinen Teil der sandigen Grubenwand zum Einsturz gebracht. Jetzt klaffte dort ein dunkles Loch. Und auf das zeigte Sandro. Denn am Eingang zum Loch hatte sich ein rosafarbenes Band in einem Steinhaufen verfangen und wedelte im Wind, obwohl es gar nicht windig war. Das konnte nur bedeuten, dass ein Luftstrom aus dem Loch kam. Wahrscheinlich ein kalter, modrig riechender Luftstrom. So kalt und modrig wie der Wind, der aus der Klappe vom Essenswagen des Rattenmannes kam. So kalt und modrig wie der Hades.

»Ich glaube, wir haben einen besseren Eingang in die Unterwelt gefunden als den in der Schule«, sagte ich und Sandro nickte.

Abstieg in die Unterwelt

Bevor wir aufbrachen, kontrollierten wir noch einmal unsere Ausrüstung.

»Sollen wir den Rucksack der Prinzessin auch mitnehmen?«, fragte ich. »Wenn wir sie gefunden haben, können wir zu dritt weitergehen. Da kann sie die Überlebensausrüstung sicher gut gebrauchen.«

Ich fand, das war eine gute Idee. Wir mussten doch die Welt retten! Aber Sandro war anderer Meinung. Er hob den Rucksack hoch.

»Er ist zu schwer. Wir können ihn nicht tragen. Lass uns die wichtigsten Sachen aufteilen. Den Rest lassen wir hier.«

Ich packte den rosa Kapuzenpulli der Prinzessin zu meinen Sachen. Vielleicht war ihr ja furchtbar kalt, dort wo sie war. Sandro band das Seil an seinem Rucksack fest. Ich sah, dass er auch seine Kette mit den Schildern um den Hals legte.

»Warum nimmst du die eigentlich immer noch mit? Du brauchst sie doch gar nicht mehr.«

Sandro guckte verdutzt auf die Kette.

»Stimmt eigentlich. Aber irgendwie habe ich mich an sie gewöhnt. Ist sozusagen mein Talisman«, sagte er grinsend. Ich grinste zurück. Glücksbringer konnten wir gut gebrauchen.

Wir setzten die Sturzhelme auf und verließen die Wohnung. Es war unheimlich still in den Straßen. Nur ein paar Ratten huschten vorbei und der Wind heulte ein bisschen. Der Mond sandte sein kaltes Licht vom Himmel. Wir warfen lange Schatten auf den Gehweg. Ich vermisste das Lachen und den Gesang der Kinder an den Lagerfeuern. Als sie noch auf den Straßen gewohnt hatten, musste man nachts keine Angst haben.

»Der Mond ist aufgegangen …«, begann Sandro leise zu singen und ich sang mit: »… die goldnen Sternlein prangen am Himmel hell und klar.«

Schließlich standen wir in der Baugrube vor dem Loch, aus dem der kalte und modrige Luftzug kam.

»Vielleicht sollten wir uns erst einmal einen Witz erzählen«, schlug ich vor. »Kennst du einen Witz?«, flüsterte Sandro zurück.

»Nein«, antwortete ich ebenso leise. Obwohl mein Hapkido-Lehrer oft Witze erzählte, wollte mir in dem Moment einfach keiner einfallen.

»Ich auch nicht«, wisperte Sandro.

»Ob die Prinzessin einen wüsste?«, fragte Sandro.

»Wir werden sie fragen, wenn wir sie gefunden haben«, antwortete ich und ließ mich auf alle viere nieder.

Wir krabbelten hintereinander in das Loch, dem kalten Luftstrom entgegen. Noch nie hatte ich so eine Dunkelheit gesehen – oder besser gesagt nicht gesehen. Es war so dunkel, dass ich meine Hand noch nicht einmal erahnen konnte, als ich sie mir ganz dicht vor die Augen hielt und damit winkte.

Langsam krochen wir tiefer in die Erde hinein. Der Tunnel

neigte sich abwärts. Der Boden und die Wände waren glatt und trocken, so als wären sie extra angelegt worden. Kein Stein lag im Weg, kein Tierchen krabbelte herum. Noch nicht einmal ein Spinnennetz blieb an unseren Gesichtern kleben.

»Diesen Tunnel hat nicht das Regenwasser gegraben. Den hat irgendjemand extra angelegt«, schnaufte Sandro hinter mir.

»Sollen wir eine Taschenlampe anmachen?«, fragte ich. »Dann würden die Wesen, die es hier vielleicht gibt, uns zwar sehen, aber wir sie auch.«

Das war mir lieber, als mit dem Kopf gegen etwas oder jemanden zu stoßen, das oder den man vorher nicht gesehen hatte. Wir wussten ja auch gar nicht so genau, wer oder was die anderen Wesen überhaupt waren.

Aber bevor Sandro antworten konnte, stieß ich mit dem Kopf gegen irgendetwas. Es war jedoch nur die Erdwand. Der Tunnel war plötzlich zu Ende. Ich zog meine Beine unter den Po, um die Balance halten zu können, und tastete mit beiden Händen auf dem Boden herum.

»Mist!«, schimpfte Sandro. »Ich komme nicht an die Taschenlampe heran. Es ist zu niedrig, ich kann den Rucksack nicht …«

Mehr hörte ich nicht. Meine Hände hatten links neben mir ins Leere gegriffen. Ich verlor das Gleichgewicht und fiel vornüber. Aber als ich mich am Boden abstützen wollte, war da kein Boden – da war einfach nichts!

»Argh!«, schrie ich und stürzte in das Nichts unter mir, dem modrig riechenden Luftstrom entgegen.

»Kurt!«, schrie Sandro hinter mir her.

Noch bevor er meinen Namen zu Ende geschrien hatte, war ich schon unten angekommen und rollte mich ab. Wie ihr wisst, ist mein Name nicht lang. Er ist sogar sehr kurz, weil er nur aus einer einzigen Silbe besteht. Sandro schrie also nicht sehr lange und das bedeutete wiederum, dass ich nicht sehr tief gefallen war.

Ich stand vorsichtig auf und tastete die Wände um mich herum ab, um zu prüfen, wie hoch sie waren. Da berührte ich etwas Warmes, etwas Weiches, etwas Lebendiges.

»Hilfe!«, schrie Sandro direkt neben meinem Ohr. »Mich hat gerade etwas Lebendiges berührt.«

»Das war ich«, sagte ich und Sandro schrie vor Schreck auf, als er meine Stimme so nah hörte.

»Wie bist du denn hier wieder hochgekommen?«, fragte er.

»Ich habe mich einfach hingestellt«, antwortete ich. »Das Loch ist nicht tief.«

»Ich glaube, wir brauchen dringend unsere Taschenlampen«, sagte Sandro.

Ich nahm meinen Rucksack ab, holte meine Lampe heraus und schaltete sie an. Sandro hockte direkt neben meinem Kopf auf einem Vorsprung. Wir blinzelten uns verdutzt an und prusteten los.

»Wenn hier irgendwelche Ratten herumspionieren, weiß jetzt die ganze Unterwelt, dass wir kommen«, meinte Sandro.

Aber das war uns erst einmal egal.

Ich leuchtete den Boden ab, um zu schauen, wie der Tunnel weiterging. Er war genauso niedrig wie vorher und machte einen scharfen Knick nach links. Ich krabbelte hinein. Hinter mir hangelte sich Sandro langsam den Absatz hinunter. Auch er hatte seine Taschenlampe inzwischen gefunden. Vier weitere Absätze mussten wir noch hinunterspringen, aber jetzt, wo wir etwas sahen, war das kein Problem.

Endlich weitete sich der Tunnel und bald konnten wir uns aufstellen und gebückt weiterlaufen. Irgendwann standen wir vor einer Treppe.

»Wieso führt diese Treppe nach oben?«, wunderte ich mich.

»Lass es uns herausfinden«, erwiderte Sandro.

Es waren nur acht Stufen. Dann standen wir wieder vor einem Loch. Dieses Mal kroch Sandro als Erster hinein.

»Es ist nur ein Durchgang«, rief er über seine Schulter.

Ich folgte ihm, bis wir auf einer kleinen Steinstufe in einem hohen gemauerten Gewölbe standen. Vor uns floss träge kristallklares Wasser vorüber.

»Das ist bestimmt das alte Wasserreservoir der Stadt«, sagte Sandro und seine Stimme hallte hundertfach zurück.

Wir leuchteten mit den Taschenlampen die Wände ab und staunten. Der Raum war riesig. Er war bestimmt fünf Meter hoch und seine Länge konnte man nicht abschätzen. Ein langsames Tropfen und Plätschern hallte von den Wänden, und wenn wir ins Wasser leuchteten, zauberten unsere Taschenlampen schillernde Lichtreflexe, die über das rote Mauerwerk huschten.

»Ist das schön hier«, sagte Sandro leise und das Echo warf sein Flüstern zurück. Es hörte sich an, als flüsterten ganz viele Sandros durcheinander.

Dann sah ich es. »Ein rosa Band! Da, im Wasser!«

Wir beobachteten, wie das Band langsam an uns vorbeitrieb.

»Einen besseren Wegweiser hätten wir gar nicht finden können«, sagte Sandro. »Wir müssen nur dem Lauf des Wassers folgen.«

Ich beugte mich hinunter.

»Das Wasser ist eiskalt«, sagte ich und zog meine Hand

schnell wieder aus dem unterirdischen Fluss, »aber nicht tief. Nur ungefähr bis zum Knöchel.«

»Wieso haben wir nicht an Gummistiefel gedacht?«, fragte Sandro.

»Gute Frage. Aber warte mal, ich habe eine tolle Idee«, erwiderte ich.

Ich holte die Regenponchos aus den Rucksäcken und riss sie in vier Teile. Dann schnitt ich vier Stücke vom Seil ab und wickelte damit die Ponchoteile um unsere Schuhe und Waden.

»Das sind super Gummistiefel«, sagte ich und tapste vorsichtig ins Wasser. »Und wasserdicht sind sie auch.«

»Warte«, sagte Sandro. Er nestelte an seinem Rucksack herum und nahm etwas heraus.

Plötzlich zuckte ein greller Blitz durch das Gewölbe.

»Arrgh …!«, schrie ich auf.

»Nur ein schnelles Foto zur Erinnerung«, sagte Sandro. Na, das ist vielleicht ein tolles Bild geworden.

Vor uns verlor sich das Gewölbe im Dunkeln. Von seinen gemauerten Wänden hallten die plätschernden Geräusche zurück, die unsere Füße im Wasser machten. Wir liefen ein Stück gegen die leichte Strömung, bis wir an eine Kreuzung kamen.

»Und nun?«, überlegte ich.

»Wir könnten uns trennen. Du gehst nach links und ich nach rechts.«

Ich fand Sandros Idee nicht gut. Ich fand, wir sollten zusammenbleiben.

»Aber vielleicht sollten wir lieber zusammenbleiben. Oder was meinst du?«, fragte Sandro.

Ich nickte und leuchtete mit meiner Taschenlampe in einen

der beiden Gänge hinein. »Schau mal, ich glaube, da vorn ist ein rosa Band!«

Wir wateten zu der Stelle und da hing tatsächlich ein Band an einem herausstehenden Stein im Gemäuer. Daneben fanden wir einen kleinen Durchbruch. Also krabbelten wir hindurch. Nach dem Durchbruch konnten wir uns sofort aufrichten und standen in einem schmalen Gang. Am Ende leuchtete ein Licht.

»Das ist seltsam«, sagte Sandro. »Wir sind hier ganz alleine. Nichts und niemand begegnet oder beobachtet uns. Nicht einmal eine einzige Ratte.«

»Na ja, ob uns jemand beobachtet, das können wir nicht wissen«, erwiderte ich und leuchtete die Wände ab. »Hier könnten überall versteckte Kameras installiert sein.«

Ich hatte keine Ahnung, wie Recht ich damit hatte. Keiner unserer Schritte in den unterirdischen Tunneln war unbeobachtet geblieben.

»Vielleicht war es ja auch gar nicht die Prinzessin, die die Spuren gelegt hat«, flüsterte Sandro.

»Du meinst, wir tappen gerade in eine Falle?«, flüsterte ich zurück.

»Ja, das meine ich. Mach schnell das Licht aus!«, raunte Sandro.

Wir beeilten uns, die Taschenlampe auszuknipsen, und standen im Stockdunkeln.

Da hörte ich plötzlich ein merkwürdiges, ratterndes Geräusch. Es kam vom Ende des Ganges, wo das Licht zu sehen war.

»Was ist das?«, wisperte Sandro in mein Ohr.

»Ich habe keine Ahnung«, antwortete ich. »Aber ich glaube, wir brauchen nicht zu flüstern und wir können auch die

Taschenlampen wieder anmachen. Die Einzigen, die gerade nichts sehen können, sind nämlich wir selber. Wenn hier Kameras installiert sind, dann sind das solche, die uns auch im Dunkeln filmen können. Da bin ich mir ganz sicher.«

Also knipsten wir unsere Taschenlampen wieder an und liefen auf das Licht am Ende des Ganges zu. Je näher wir kamen, desto lauter wurde das seltsame Rattern. Schon bald erkannten wir eine angelehnte Tür, aus der das Licht und das Geräusch drangen. Die letzten Meter liefen wir auf Zehenspitzen. Obwohl wir ahnten, dass hinter der Tür jemand auf uns wartete. Und wir waren uns ziemlich sicher, dass dieser Jemand uns die ganze Zeit beobachtete.

Die grässliche Alte

An der Tür blieben wir stehen und schauten vorsichtig um die Ecke. Ich weiß nicht, was wir erwartet hatten. Aber das, was wir sahen, ganz sicher nicht. Im ersten Moment dachte ich, wir wären in Omas Zimmer gelandet. Da war ein kleiner runder Tisch mit einer Häkeldecke und einem gemütlichen Sessel, unter dem ein dicker Teppich lag. Es gab einen alten Schrank aus Holz und eine Stehlampe mit einem Rüschenschirm. An den Wänden hingen altmodische Bilder in dicken Goldrahmen. In einer Ecke brannte ein kleines Feuer, über dem ein Kessel hing. Trotzdem war es kalt und feucht im Zimmer. Es roch auch nicht gut. Das Rattern kam von einer uralten, metallenen Nähmaschine, die auf einem Tisch in der Ecke stand.

Davor war ein Stuhl, auf dem eine zusammengekauerte Gestalt in einem schwarzen Kleid saß und nähte. Sie nähte kleine bunte Kappen.

»Guten Abend«, sagte ich.

Aber die Gestalt antwortete nicht, sondern befestigte mit wenigen Stichen ein rosa Band an eine kleine Kappe. Ich hatte plötzlich einen trockenen Hals.

»Wir sind gekommen, weil wir unsere Freundin suchen. Haben Sie sie vielleicht gesehen?«, fragte Sandro.

Doch die Gestalt rührte sich immer noch nicht.

»Vielleicht ist sie schwerhörig«, flüsterte ich und zeigte auf die Kappen, die schon fertig waren und neben dem Tisch in einem Korb lagen. Jede von ihnen war mit einem rosa Band geschmückt.

»Und warum flüsterst du dann?«, flüsterte Sandro zurück und starrte auf den Korb mit den Kappen.

»Vielleicht ist sie schwerhörig«, sagte ich nun laut und trat tiefer in das merkwürdige Zimmer hinein. Ich ging auf die Gestalt zu und tippte ihr vorsichtig auf die Schulter.

»Hui!«, schrie sie und drehte mir ihr Gesicht entgegen.

»Ach, du grüne Neune!«, rief ich und starrte in ein gräulich-grünes, faltiges Gesicht mit einem breiten Mund und weit aufgerissenen, gelben Glupschaugen.

»Was musst du ungezogenes Kind mich so erschrecken?«, zischte die Gestalt. Es war ein unangenehm lautes Geräusch.

»Entschuldigen Sie bitte. Wir haben Sie gegrüßt. Aber Sie haben nicht geantwortet«, stammelte ich.

»Was?«, kreischte sie.

»Entschuldigen Sie bitte. Wir haben Sie gegrüßt, aber Sie haben nicht geantwortet!«, schrie ich zurück.

»Wieso wir? Gibt es etwa noch mehr von deiner Sorte!«, fragte sie, während ihr grünes Gesicht anschwoll und die Farbe wechselte. Es wurde ganz lila. Ich deutete zur Tür, wo Sandro stand und sein »Hilfe!«-Schild hochhielt.

»Wir sind zwei!«, brüllte ich.

»Aha, zwei Eindringlinge also!«, schrie sie und stand von ihrem Stuhl auf. Danach war sie etwas kleiner als vorher.

»Was stehst du so unhöflich bei der Tür«, fuhr sie Sandro an. »Hinsetzen! Alle beide!«

Sie deutete auf den Sessel. Geschwind quetschten wir uns hinein. Die alte Frau – oder was immer sie auch war – warf uns eine sehr schmutzige und schrecklich kratzige Decke über die Beine.

»Da habt ihr«, knurrte sie und ihr Knurren tat mir in den Ohren weh. »Damit euch nicht kalt wird.«

Ein ekelhafter Geruch stieg in meine Nase. Ein Geruch, den ich nie wieder vergessen werde. Er kam aus der Decke.

»Lieber erfrieren als ersticken«, sagte Sandro leise.

»Was sagst du?«, schrie die Alte.

»Ich habe gesagt, vielen Dank für die warme Decke!«, brüllte Sandro.

Die Alte watschelte langsam zum Feuer hinüber. Ihr schweres Kleid schleifte am Boden und schien ihre schmalen Schultern nach unten zu ziehen.

»Und nun?«, flüsterte ich in Sandros Ohr.

»Jetzt warten wir erst einmal ab, was diese … grausige … furchtbare … Was ist sie überhaupt?«, raunte Sandro.

Ich zuckte mit den Schultern, weil die Alte wieder zurückkam. Und weil ich es nicht wusste. »Irgendetwas Lurchiges«, flüsterte ich zurück.

»So!«, schrie die seltsame, kleine Frau uns an. »Jetzt trinkt ihr erst einmal einen Tee und dann erzählt ihr mir ganz genau, was ihr hier wollt!«

Sie drückte jedem eine schmutzige Tasse mit etwas Tee in die Hand und hielt uns ein kleines Schälchen vor die Nase. Darin lagen zwei Kekse. Ich überlegte gerade, ob ich mir einen nehmen sollte, als ich sah, dass sich die Kekse bewegten! Ach, du grüne Neune, lebendige Kekse! Musste man die vorher töten, bevor man reinbiss? Dann sah ich, dass es Maden waren.

›Die Kekse sind voller Maden!‹, dachte ich panisch und sagte laut: »Vielen Dank, ich esse nicht so gerne süße Sachen.« Dabei versuchte ich die Alte anzulächeln.

Sie schnaubte laut und unfreundlich durch ihre kurze, aber sehr breite Nase. Es spritzte ein bisschen und ein grüner Tropfen landete auf der Decke neben meiner Hand. Und plötzlich war da ein Loch in der Decke, dort wo der Tropfen hingefallen war. Aber vielleicht war das Loch auch schon vorher da gewesen. Die Decke hatte nämlich sehr viele Löcher. Dieser Gedanke gefiel mir besser.

Die Alte nahm sich selbst einen Keks und steckte ihn mit einer flinken Bewegung in den Mund. Entsetzt starrte ich sie an. Einige der sich schlängelnden Maden waren auf ihren grauen Lippen hängengeblieben. Die Alte fuhr sich mit einer dicken, fleischigen Zunge darüber und mit einem Schnapp waren alle Maden in ihrem Mund verschwunden.

»Wer nicht will, der hat schon!«, rief sie und setzte sich uns gegenüber auf den Stuhl.

Um sie nicht noch mehr zu verärgern, trank ich einen kleinen Schluck Tee. Obwohl ich mich furchtbar vor der mit Dreck verkrusteten Tasse ekelte. Aber der Tee war wirklich sehr köstlich.

»Der Tee ist wirklich sehr köstlich«, brüllte ich und lächelte die Alte an.

Ich wollte sie dabei aber nicht so genau anschauen. Sie sah einfach zu gruselig aus. Außerdem musste ich an die Maden denken, die sie verschluckt hatte. Also guckte ich ein bisschen an ihr vorbei auf ein Bild, das hinter ihr an der Wand hing. Es war ein Foto in einem goldenen Rahmen. Ein seltsames Foto. Sie selbst war darauf zu sehen und sah noch lurchiger aus als in Wirklichkeit. Vielleicht weil sie den breiten Mund so komisch verzog. Aber das sollte wohl ein Lächeln sein.

Viel seltsamer aber war das Wesen, das neben ihr stand. Ich konnte es nicht genau erkennen. Es war auf alle Fälle kein Mensch. Vielleicht wurde das Bild in einem Vergnügungspark aufgenommen. Da laufen ja immer Figuren aus Filmen oder Comicheften herum. Ob die seltsame Alte gerne in Vergnügungsparks ging? Eigentlich sah sie nicht so aus, als ob sie sich gerne vergnügte. Vielleicht war das Wesen auf dem Foto auch nur eine Statue, die die Alte gerne mochte, weil sie ihr ein bisschen ähnlich sah. Fast hätte ich gekichert und darum trank ich schnell noch einen Schluck Tee. Da stieß mir Sandro plötzlich seinen Ellenbogen in die Seite. Der heiße Tee schwappte über meine Hose.

»Hey! Sag mal, spinnst du!«, fuhr ich Sandro an.

Aber Sandro machte ein verschwörerisches Gesicht und deutete unauffällig auf die Schilder um seinen Hals. Auf dem oberen stand das Wort »Nicht«.

»Was habt ihr für Geheimnisse?«, schrie die Alte uns an.

»Wir haben keine Geheimnisse«, antwortete Sandro.

»Was sagst du?«

»Wir haben keine Geheimnisse! Ich habe nur aus Versehen etwas Tee über die Hose meines Freundes gekippt!«, brüllte Sandro.

»Ach so. Na, das trocknet wieder!«, schrie sie zurück und leckte sich mit ihrer dicken Zunge noch einmal über die Lippen und dann – über ihr Auge! Das war einfach unglaublich! Ihre Zunge musste mindestens 15 Zentimeter lang sein! Dann stand die Alte auf, um etwas aus dem Schrank zu holen.

»Nicht vom Tee trinken«, raunte Sandro mir schnell zu.

Damit hatte er natürlich Recht! Wenn die merkwürdige Alte mit dem Rattenmann unter einer Decke steckte, dann konnte es sein, dass der Tee etwas mit einem machte. Genauso wie das Mittagessen. Und ich hatte schon zwei Schlucke von der Brühe getrunken!

Als die Alte sich wieder umdrehte, hielt sie so ein komisches Ding in der Hand. Es war ein silberfarbenes Hörhorn, dessen dünne Seite sie sich ins Ohr steckte. Dann beugte sie sich zu uns.

»So!«, schrie sie. »So wird es besser gehen. Also Kinder, was wollt ihr nun hier?«

»Wir suchen die ...«, begann ich.

Sandro unterbrach mich und deutete auf das breite Ende des Horns.

»Du musst dort hineinsprechen«, sagte er. »Das ist eine altmodische Hörhilfe.«

»Was flüsterst du da schon wieder?«, schrie die Alte ihn an. Sie wollte aber gar keine Antwort, denn ihr fiel etwas anderes auf. »Du hast deinen Tee noch nicht getrunken. Das ist sehr unhöflich.«

»Entschuldigen Sie bitte!«, brüllte Sandro in das breite Ende des silbernen Horns.

Die Alte ließ es fallen und hielt sich heulend die Ohren zu. »Uiuiuiuiui! Warum schreist du denn so?«, herrschte sie Sandro an und leckte sich mit ihrer langen Zunge wieder über die Lippen.

Da hatte ich plötzlich das Gefühl, dass wir der Alten nicht sagen durften, warum wir hier waren. Die Alte durfte nicht wissen, dass wir die Prinzessin suchten. Irgendwie musste ich das Sandro zu verstehen geben. Aber wie? Die Alte beobachtete uns mit ihren großen, weit auseinanderstehenden Augen ganz genau. Sie konnte ihren breiten Kopf unheimlich schnell zur Seite drehen und nichts schien ihr zu entgehen. Mir wurde ganz heiß.

»Entschuldigen Sie bitte«, sagte Sandro. »Wir haben oben auf der Baustelle ein Loch im Boden entdeckt. Wir wollten Abenteurer spielen und sind reingekrabbelt. Und dann kamen wir hier unten wieder raus. Ich glaube, wir haben uns verlaufen.«

Na klar, Sandro hätte der Alten doch nie verraten, warum wir hier waren. Er verstellte seine Stimme so, dass es sich anhörte, als müsste er weinen. ›Toll, wie er das kann‹, dachte ich. Der Arme. Er hatte sich verlaufen. Ich wurde ganz traurig.

Die liebe alte Dame strich ihm zärtlich über den Helm. »Keine Angst, mein Kleiner«, säuselte sie.

Ihre samtene Stimme klang so beruhigend, dass ich keine Angst mehr hatte und auch nicht mehr traurig war. Ich kuschelte mich etwas tiefer in die weiche Decke. Sie roch so gut. So wie … wie … wie frisch gemähtes Gras. Oder wie Regen, wenn er auf die sonnenwarme Straße fiel. Oder wie Erdbeeren mit Sahne. Ich esse Erdbeeren mit Sahne sehr gerne. Und Kuchen und Törtchen. Einer der leckeren Kekse war ja noch übrig. Den nahm ich mir jetzt und aß ihn auf. Er war köstlich, fast so gut wie ein Törtchen mit Schokoladencreme. Ich wollte auch noch einen Schluck von dem Tee trinken. Die liebe Alte lächelte mich an und nahm meine Tasse. Damit ging sie zum Kessel über dem Feuer. Es war alles so nett und gemütlich. Mir war so richtig wohlig zumute.

»Kurt! Kurt!«, flüsterte Sandro und puffte mir in die Seite.

Das tat weh. Was fiel ihm denn ein?

»Hey!«, wollte ich ihn wütend anraunzen. Es klang aber irgendwie ganz freundlich.

»Kurt, bitte komm zu dir! Los! Wir müssen hier weg! Trink nichts mehr von dem Tee!«

Aber der Tee war doch so köstlich und ich hatte Durst und die alte Dame brachte mir doch gerade eine frische Tasse. Es wäre doch total unhöflich gewesen, sie nicht anzunehmen. So etwas machte man doch nicht, sich erst Tee bringen zu lassen und dann abzuhauen, bevor man ihn getrunken hat.

»Können Sie uns bitte sagen, wie wir wieder den Weg nach oben zurückfinden?«, hörte ich Sandro fragen.

Warum wollte er denn wieder zurück? Hier war es doch ganz wunderbar. Und was meinte er überhaupt mit »zurück«? Wo war oben? Da war es bestimmt nicht so gemütlich wie hier. Da wollte ich lieber nicht hin.

»Hast du denn schon deinen Tee getrunken?«, fragte die Dame Sandro. Sie war so sehr um sein Wohlergehen besorgt.

Plötzlich spürte ich etwas Nasses, Warmes. Es rann mir den Rücken hinunter. Hatte mir Sandro etwa seinen leckeren Tee in den Nacken gekippt? Warum hatte er das denn getan? Irgendwie konnte ich meine Gedanken gar nicht mehr richtig denken.

»Oh ja. Er war köstlich. Darf ich noch etwas davon haben?«, fragte Sandro und die liebe Alte lächelte ihr nettes Lächeln. Dann stand sie wieder auf, um nochmals zum Feuer zu gehen. Sie war wirklich nett. Ich kannte noch eine alte Frau, die so nett war. Mir fiel nur der Name nicht ein.

Da riss mich Sandro aus dem Sessel.

»Los! Renn!«, schrie er und drückte mich vorwärts in den Gang hinaus.

»Hey, hey, hey!«, stammelte ich und blieb wankend stehen.

»Entschuldige bitte, ich muss das jetzt tun«, sagte Sandro und gab mir eine Ohrfeige. Dann schubste er mich weiter vor sich her.

»Hey!«

»Kommt sofort zurück!«, brüllte eine grässliche Stimme aus dem Zimmer hinter uns.

Sandro packte meine Hand und zog mich mit sich. »Komm, Kurt! Versuch zu rennen!«

»Na, wartet!«, schrie die seltsame Alte uns nach. »Weit werdet ihr nicht kommen!«

Ein furchtbares Rasseln hallte durch den Gang. Ich drehte mich um und sah, wie die kleine Frau an einer großen Kette zog, die von der Decke hing.

»Kurt, schau nach vorn und setze einen Fuß vor den anderen«, keuchte Sandro neben mir.

»Hahahahahaha! Hahahahahaha!«, lachte die Alte böse.

Dann machte es Rumms und der spärliche Lichtschein aus ihrem Zimmer erlosch.

Sie hat die Tür zugemacht, wollte ich sagen. Aber das ging nicht, denn meine Zunge fühlte sich zu schwer an. Aus der Dunkelheit hinter uns kam ein wildes Gurgeln und Donnern.

»Was ist das?«, rief Sandro.

Aber ich wusste es natürlich auch nicht. Und wenn doch, dann hätte ich es nicht denken und auch nicht sagen können.

Das Donnern kam immer näher. Wir versuchten noch schneller zu rennen. Doch das war unmöglich. Es war stockdunkel und meine Beine wollten einfach nicht machen, was ich wollte. Eigentlich wusste ich selber gar nicht so genau, was ich wollte. Wie sollten es dann meine Beine wissen? Das donnernde Rauschen und Gurgeln war jetzt direkt hinter uns. Eine eisige Wasserflut kam durch den Schacht geschossen.

Da fand ich plötzlich meine Stimme wieder.

»Hilfe!«, schrien Sandro und ich im Chor, als wir von der Riesenwelle erfasst und herumgeschleudert wurden. Für einen Moment wurde ich von den Wassermassen gegen die Wand gepresst. Ich bekam keine Luft mehr und verschluckte mich. Mit aller Kraft versuchte ich mich von der Wand wegzudrücken, um nicht zerquetscht zu werden. Meine Hände ertasteten etwas Glattes im rauen Mauerwerk. Ich öffnete kurz die Augen – und starrte in das Gesicht des seltsamen Wesens, das zusammen mit der Alten auf dem Foto gewesen war! Hing hier im Gang also auch ein Foto von ihm? Da sah ich, dass sich die großen Glupschaugen des Wesens bewegten. Wie konnte das sein? Plötzlich wusste ich, was ich vor mir sah. Das war gar kein Bild. Der Glupschäugige stand hinter einem Fenster! Gab es dieses Wesen also wirklich? Stand es da etwa hinter einer Scheibe und schaute zu, wie wir ertranken?

Aber bevor ich den Gedanken zu Ende denken konnte, wurde ich vom Wasser mitgerissen. Es gab kein Oben und kein Unten mehr, kein Rechts und kein Links, kein Vorne und kein

Hinten. Es gab kein Entkommen. Ich umklammerte meinen Rucksack und rollte mich zu einem Ball zusammen. Wir würden entweder ertrinken oder an einer Wand zerschellen. Ich war mir sicher, dass unser letztes Stündlein geschlagen hatte, und hörte auf zu atmen.

Weggespült

Natürlich starben wir nicht, sonst könnte ich ja jetzt gar nicht unsere Geschichte erzählen. Eine unendlich lange Zeit wurden wir vom eiskalten Wasser mitgerissen, herumgeschleudert und durcheinandergewirbelt wie die Wäsche in einer Waschmaschine. Dann war plötzlich alles vorbei. Ich lag auf irgendetwas Weichem. Um mich herum war nichts als Rabenschwärze. Ich konnte langsam wieder klar denken und hörte ein seltsames Klappern. Es dauerte eine Weile, bis ich kapierte, dass es meine Zähne waren, die aufeinanderschlugen. Mir war entsetzlich kalt.

»Lebst du noch?«, fragte Sandro unter mir.

»Ich weiß es noch nicht genau. Es ist aber möglich«, antwortete ich und krabbelte von Sandro herunter.

»Zum Glück hatten wir die Helme auf und zum Glück haben wir all unsere Sachen in den wasserdichten Beuteln verstaut«, sagte Sandro.

Ich hörte ein Rascheln und dann ging das Licht an. Sandro hatte seine Taschenlampe angeknipst.

»Bist du verletzt?«, fragte er und leuchtete mich an.

Ich bewegte langsam meinen Kopf, meine Arme und meine Beine. Es fühlte sich nicht so an.

»Ich glaube nicht. Ich habe aber meine Brille verloren«, sagte ich und klapperte noch etwas lauter mit den Zähnen. Ich würde hier unten nichts mehr sehen können.

Da griff Sandro unter meinen Helm und zog etwas heraus. »Hier ist sie. Sie hatte sich im Helm verfangen.«

Dankbar setzte ich die Brille auf meine Nase. »Mir ist so furchtbar kalt«, sagte ich schnatternd.

»Du hast doch den Kapuzenpullover der Prinzessin eingepackt. Vielleicht ist der noch trocken«, sagte Sandro.

Da erst merkte ich, dass ich meinen Rucksack an mich gepresst hielt wie einen Rettungsreifen.

»Stimmt«, sagte ich und ließ ein wenig locker. Sofort wurde mir noch kälter.

Mit zitternden Händen öffnete ich den wasserdichten Beutel in meinem Rucksack. Der Pullover war tatsächlich noch trocken. Ich zog meinen nassen Pulli aus und schlüpfte in das rosa Sweatshirt. Es reichte mir bis über den Po. Die Prinzessin war wirklich groß. Oder ich war wirklich klein.

»Und du? Du bist doch auch ganz nass«, sagte ich zu Sandro.

»Das ist nicht so schlimm. Ich werde eigentlich nie krank. Außerdem geht es dir bestimmt viel schlechter als mir. Du hast ja auch von dem Tee getrunken. Merkst du eigentlich noch was von der Wirkung?«

Als Sandro das fragte, spürte ich plötzlich den Schmerz in meinem Kopf.

»Mein Kopf brummt wie ein Wespennest oder wie ein Presslufthammer oder beides zusammen«, stöhnte ich.

»Auweia«, sagte Sandro.

»Wo sind wir hier eigentlich?«, fragte ich und schaute mich um.

»Das weiß ich nicht. Aber ich kann dir zeigen, wo wir herkamen.«

Sandro leuchtete die Decke an, die bestimmt drei Meter über uns lag. Dort klaffte ein großes Loch, aus dem noch immer ein kleines Rinnsal auf den Boden tropfte.

»Da sind wir runtergefallen?«, staunte ich.

Ich habe keine Höhenangst. Aber ich konnte mich nicht daran erinnern, dass wir so tief gefallen waren. Und das machte mir Angst.

»Na ja, gefallen ist nicht das richtige Wort«, erwiderte Sandro. »Wir sind eher heruntergespült worden.«

»Darum leben wir also noch«, sagte ich und mir wurde wieder kalt.

»Ja. Das Wasser ist ganz schnell durch Löcher in den Wänden abgeflossen, sonst wären wir ertrunken.«

Im Strahl der Taschenlampe entdeckten wir eine kleine Tür am Ende des schmalen Raumes.

»Die Tür ist der einzige Ausweg«, stellte Sandro fest. »Denn da hoch kommen wir nicht mehr.«

»Hoffentlich ist die Tür offen«, flüsterte ich mit heiserer Stimme.

»Wenn sie abgeschlossen ist, werden wir hier drin wohl verhungern müssen«, sagte Sandro.

»Elendig verhungern«, bestätigte ich.

»Aber die Tür ist ganz sicher offen.«

»Sie könnte aber genauso gut verschlossen sein«, meinte ich.

»Könnte sein, muss aber nicht.«

»Genau.«

Damit schulterten wir unsere Rucksäcke und gingen auf die kleine Tür zu.

»Wenn wir eine gerade Anzahl Schritte bis zur Tür brauchen, ist sie offen«, murmelte ich. »Wenn wir eine ungerade Anzahl gehen müssen, ist sie abgeschlossen.«

Manchmal mache ich diese kleinen Spiele in meinem Kopf. Dann darf ich zum Beispiel nicht auf die Ritzen zwischen den Gehwegplatten treten. Oder wenn ich an der Ampel stehe, müssen drei rote Autos vorbeifahren, sonst passiert irgendetwas Schlimmes. Mama hat mal gesagt, ich soll das nicht machen. Es würde mich unter Druck setzen und das sei doch nicht nötig. Ich mache es aber trotzdem.

Wir brauchten 37 Schritte bis zur kleinen Tür.

»Dann ist sie wohl zu. So ein Mist!«, fluchte ich leise und ärgerte mich, dass ich nicht so gut fluchen konnte wie die Prinzessin.

»Vielleicht ist die Tür ja doch offen? Wir müssen es wenigstens versuchen«, schlug Sandro vor.

Ich drückte vorsichtig die Klinke hinunter.

Die Tür war nicht verschlossen.

»Was für ein Glück«, seufzte Sandro und wir gingen hindurch.

Hinter uns fiel die Tür wieder ins Schloss. Ich drehte mich noch einmal um und versuchte, sie wieder zu öffnen. Aber sie ließ sich nicht bewegen.

›Die funktioniert wahrscheinlich mit irgendeinem Schließmechanismus‹, dachte ich noch.

Bald schon sollten wir uns wünschen, die Tür wäre nicht offen gewesen. Doch erst einmal wurde es dunkel.

Unter Lurchen

»Verdammt!«, schimpfte Sandro. »Ich habe die Taschenlampe fallen gelassen.« Er tastete den Boden ab. Doch er fand die Taschenlampe nicht wieder.

Ich versuchte mich erst einmal in der Finsternis zu orientieren. Bevor Sandro die Lampe fallen gelassen hatte, hatte ich gesehen, dass wir uns auf einem kleinen, gemauerten Damm befanden. Rechts und links davon stand modriges Wasser. In die Wände waren Nischen eingelassen. Auch dieser Raum hatte ein Deckengewölbe, allerdings war es sehr viel niedriger als das im ersten Raum. Vielleicht war es deshalb so warm. Es roch auch merkwürdig. Ein bisschen nach Fisch und auch nach Käsefüßen.

»Hier riecht es wie in einem Aquarium. Wenigstens ist mir jetzt nicht mehr kalt«, sagte Sandro neben mir. »Kannst du mal bitte deine Lampe anschalten?«

»Ich habe meine Lampe nicht mehr. Ich habe sie bei der Alten liegen gelassen«, antwortete ich.

»Auweia.«

Dann hörten wir die Geräusche. Da war ein Platschen, Gurgeln, Schmatzen, Grunzen und Zischen – es klang schrecklich.

»Was ist das?«, flüsterte Sandro und fasste nach meiner Hand.

Und da wusste ich es plötzlich. Aber Sandro konnte es nicht wissen. Er hatte sie ja nicht gesehen: die Lurche, die Olme und die Molche, die auch im Aquarium gewesen waren. Ich hatte ihnen schon in die riesigen Augen gestarrt. Und plötzlich wusste ich auch, dass sie diese Geräusche machten, die tausendfach von den Steinwänden widerhallten.

»Ist es das, was ich denke?«, fragte Sandro.

Wir hielten uns so fest an den Händen, dass unsere Finger knackten.

»Ja. Es sind die Lurche, die Olme und die Molche, die auch im Aquarium waren«, sagte ich.

Da berührte etwas Kaltes, etwas Nasses, etwas Schleimiges meine andere Hand.

»Hilfe!«, schrie ich und sprang zur Seite, direkt in das modrige Wasser. Seine Bewohner antworteten mit einem Grunzen, Platschen und Gluckern. Das ganze Gewölbe schien erfüllt davon. Zum Glück war das Wasser nicht tief. Doch es wogte um mich herum wie ein kleines sturmgepeitschtes Meer.

»Oje«, wisperte ich, »es müssen hunderte sein.«

Sandro fasste nach mir und zog mich wieder auf den Weg zurück.

»Was machen wir denn jetzt?«, fragte er.

»Ich weiß es doch auch nicht«, sagte ich.

Wir standen in völliger Dunkelheit, während um uns herum hunderte riesige Lurche lauerten. Und ich wusste genau, wie grässlich sie bei Licht aussahen.

»Wir müssen hier irgendwie wieder raus«, sagte ich und versuchte zuversichtlich zu klingen. Dabei wusste ich doch, dass die Tür hinter uns nicht mehr aufging. Wir überlegten fieberhaft und versuchten, die schmatzenden Geräusche zu ignorieren.

Da fiel mir etwas auf. »Siehst du die blinkenden roten Lichter?«

»Ja, sie scheinen an der Wand zu hängen«, antwortete Sandro.

»Das sind wahrscheinlich Kameras, die uns gerade filmen. Wenn wir ganz langsam den gemauerten Weg entlanggehen und uns an den Kameralichtern orientieren, kommen wir vielleicht zu einem Ausgang. Und ich bin mir sicher, dass uns dort schon irgendjemand erwartet.«

»Ja, das glaube ich auch«, sagte Sandro.

Plötzlich spürte ich etwas Langes und Klebriges über mein Gesicht wischen! Es war das Allerekligste, das mir je passiert war. Zumindest bis zu diesem Moment.

»Mich hat eben eine lange Zunge abgeleckt«, schrie ich, während ich von Entsetzen gepackt losrannte. Aber ich kam nicht weit, denn ich stolperte über ein Tier, das vor mir hockte. Ich fiel hin und landete weich auf den nackten, schmierigen Rücken der Lurche, die uns den Weg versperrten. Breite Mäuler schnappten nach meinem Gesicht und kleine, spitze Zähne bohrten sich wie Haken in die Haut meiner Arme. Schleimige Zungen züngelten neben meinen Ohren, breite Finger griffen nach mir, Schwänze schlugen schwer auf meinen Rücken. Es roch widerlich – nach Knoblauch und Fußschweiß.

»Oh nein, ich bin mitten in sie hineingefallen«, jammerte ich.

»Ich helfe dir. Wo bist du?«, hörte ich Sandro.

Ich drückte mich an irgendeinem Lurchrücken ab, kam wieder auf die Füße und tastete mich zurück zu ihm.

»Bist du in Ordnung?«, fragte Sandro.

Auf meinem Gesicht und meinen Armen begann es wie verrückt zu brennen. Ich riss mir die verschleimte Brille von der Nase.

»Nein, das bin ich nicht. Mein Gesicht und meine Arme brennen wie Feuer!«, rief ich. »Ich bin voller Lurchschleim. Au, das tut weh!«

»Du musst den Schleim abwaschen«, sagte Sandro. »Der ist bestimmt giftig.«

Ich spürte seine Hand an meinem Arm. Er zog mich zurück zum modrigen Wasser und ich wusch, so schnell ich konnte, das brennende Zeug ab. Dabei gab ich mir alle Mühe, nicht darüber nachzudenken, wie viele lurchige Wesen im Wasser hockten und mich dabei beobachteten.

»Okay, sie versperren uns den Weg«, sagte ich, als das Brennen endlich nachließ. »Was sollen wir tun?«

»Wir können bestimmt nicht durch das Wasser waten, weil sie dort auch auf uns lauern«, sagte Sandro, der mindestens genauso heftig zitterte wie ich.

Das Wasser schwappte aufgewühlt gegen den niedrigen Wall, auf dem wir standen. Die Luft wurde immer wärmer und stickiger. Ich hatte das Gefühl, dass die lurchigen Leiber näher rückten und uns einkesselten.

»Wir brauchen dringend ein Licht«, flüsterte Sandro.

»Lieber nicht«, antwortete ich. »Ich will die Viecher gar nicht sehen.«

»Manchmal sind aber die Bilder in der Fantasie furchtbarer als die der Wirklichkeit«, sagte Sandro.

Wenn Frau Müller hier gewesen wäre, hätte sie Sandro jetzt wie ein verliebtes Huhn angeschaut. Wann hatte sie das zum letzten Mal gemacht? Es kam mir so vor, als wäre das unendlich lange her.

Auf einmal begannen die lurchigen Wesen, einen ohrenbetäubenden Krach zu machen: Sie quakten, grunzten, fiepten, unkten und kollerten. Es klang, als wären die Musiker eines ganzen Orchesters verrückt geworden und würden alle gleichzeitig auf verstimmten Instrumenten spielen.

»Wir müssen uns die Ohren verstopfen!«, brüllte Sandro gegen den Lärm an. Er drückte mir zwei kleine nasse Fetzen in die Hand, die er von einem Papiertaschentuch abgerissen hatte.

»Stopf dir das in die Ohren!«, rief er und ich tat, wie er gesagt hatte. Mit dem Taschentuch in den Ohren hörte ich das wilde Geräusch der Lurche zwar immer noch. Aber es war, als käme es von weit her.

»Glaubst du, sie wollen uns fressen?«, hörte ich Sandros gedämpfte Stimme.

»Nein, das werden sie nicht. Lurche sind zwar Fleischfresser und manche haben auch Zähne, aber sie verschlingen ihre Beute im Ganzen. Und dazu sind wir zu groß.«

»Und wenn es weiter hinten noch größere Lurche gibt?«, fragte er schreiend. »Wer sagt uns denn, dass das hier nicht nur die Vorhut ist? Woher wissen wir denn, wer oder was auf uns wartet?«

Sandros Stimme klang ganz schrill durch die Taschentuchfetzen in meinen Ohren. Ich hatte mir so etwas eigentlich gar nicht vorstellen wollen, aber nun war es ausgesprochen. Ich spürte, wie meine Beine zitterten, und griff im Dunkeln nach Sandros Hand.

»Los, mach mit!«, sagte ich. »Drei Sekunden einatmen, sieben Sekunden Luft anhalten und sieben Sekunden ausatmen. Das Ganze dreimal hintereinander.«

»Wozu soll das denn gut sein?«, fragte Sandro. »Es ist jetzt bestimmt nicht der richtige Augenblick für Atemübungen.«

»Wir atmen unsere Furcht weg und sammeln Energie, um hier wieder rauszukommen«, antwortete ich. »Das nennt sich Kidoin und ist ein alter Hapkido-Trick.«

Vor uns hielten die Lurche noch immer ihr ohrenbetäubendes Konzert ab.

»Alles klar«, sagte Sandro.

Wir atmeten, wie es mir mein Hapkido-Lehrer gezeigt hatte. Danach fühlte ich mich viel besser. Wir tasteten uns zurück zu der kleinen Tür. Dort kauerten wir uns nebeneinander auf den Absatz.

»Mein Mund brennt wie Feuer. Ich muss etwas von dem Lurchschleim geschluckt haben«, sagte ich.

Sandro kramte in seinem Rucksack. »Hier, trink erst einmal was«, sagte er und legte mir die Wasserflasche in den Schoß. Ich nahm sie und trank einen großen Schluck.

»Wir sollten auch etwas essen«, fuhr Sandro fort.

»Wie kannst du jetzt nur an Essen denken?«, fragte ich entgeistert.

Mir war so übel von dem Knoblauchgestank und dem Käsegeschmack des Schleims, dass ich auf gar keinen Fall etwas essen wollte. Außerdem war es in dem Gewölbe viel zu gruselig, als dass ich Hunger haben konnte.

»Wer weiß, wie lange wir noch unterwegs sind und wie viel Kraft wir noch brauchen werden«, erwiderte Sandro und drückte mir einen Müsliriegel in die Hand.

Da hatte er Recht. Immerhin waren wir schon seit Stunden unterwegs. Also hockten wir auf dem Treppenabsatz im Rabenfinstern und bissen in unsere Müsliriegel, während uns die riesigen Lurche und Molche anschrien.

»Oma sagt immer, essen beruhigt die Nerven«, rief ich.

»Beruhigte Nerven können wir jetzt gut gebrauchen«, antwortete Sandro. »Außerdem hatte ich auch nicht so einen leckeren Madenkeks wie du«, ergänzte er und kicherte.

Nun bekam ich den Müslihappen in meinem Mund gar nicht mehr hinunter und schob ihn verzweifelt von einer Backe in die andere.

Eine schleimige Angelegenheit

Dann verstummte plötzlich das Geheul und Geschrei der Lurche, Molche und Olme und wir konnten die Taschentuchfetzen aus unseren Ohren nehmen.

»Die Viecher wollen uns also nicht vorbeilassen und die Tür hinter uns ist zu«, fasste Sandro zusammen.

»Eigentlich sind das ganz normale Lurche«, überlegte ich. »Sie sind einfach nur ein bisschen größer …«

»Nur? Ein bisschen größer? Ich finde, das ist genug, um jeden das Fürchten zu lehren«, unterbrach mich Sandro.

»Das stimmt. Aber trotzdem. Sie scheinen nicht gefährlicher zu sein als normale Lurche«, fuhr ich fort.

»Woher willst du das denn wissen?«, fragte Sandro mit schriller Stimme.

»Wegen dem Schleim und dem Lärm, den sie veranstalten. Lurche sondern in Stresssituationen Schleim ab. Und der kann brennen. Außerdem machen sie bei Gefahr solche Geräusche.«

»Warum weißt du das eigentlich alles?«, fragte Sandro.

»Ich habe viel über Lurche gelesen, weil ich mal ein Paar afrikanische Aquariumsmolche hatte. Irgendwann sind sie aber krank geworden. Ich habe sie in die Toilette geworfen. Ich wollte nicht, dass sie leiden.«

»Vielleicht sind deine Molche ja wieder gesund«, sagte Sandro. »Wer weiß, wie viele andere Menschen ihre kranken Molche, Lurche und Fische in der Toilette runtergespült haben. Vielleicht sind sie ja alle mutiert. Und jetzt bereiten sie sich darauf vor, die Weltherrschaft zu übernehmen.«

Uns schauderte.

»Das glaube ich nicht. Irgendjemand benutzt sie nur. Wahrscheinlich hat jemand sie gezüchtet oder sogar genetisch verändert, damit sie so groß werden. Dann hat er sie als Putzmolche, Küchenlurche und Breitmaulfroschlastwagenfahrer dressiert. Vielleicht sind die hier unten die Fehlversuche.«

Das klang zwar schrecklich, aber auch irgendwie logisch. Mit Frau Müller hatten wir mal das Thema Genmanipulation durchgenommen. Allerdings ging es da um Maispflanzen und Getreide.

»Ich glaube, sie haben auch keine Gummijacken an. Ich habe keine gespürt, als ich sie anfasste«, sagte ich und trank vom Wasser, damit endlich der Müslibrei in meinem Mund hinunterrutschen konnte. »Wahrscheinlich tragen die dressierten Lurche Gummijacken und die abgerichteten Ratten alberne Karnevalskappen. Die alte Lurchfrau näht ihnen die Sachen.

Das heißt, sie steckt auf alle Fälle mit demjenigen, der die Lurche manipuliert hat, unter einer Decke.«

»Und mit dem Rattenmann«, sagte Sandro. »Wahrscheinlich hält dieser Jemand auch die Prinzessin gefangen.«

»Glaubst du, er ist ein Mensch oder ein genetisch verändertes Tier?«

»Ich will da gar nicht darüber nachdenken«, antwortete Sandro.

»Auf jeden Fall ist derjenige irgendwo hinter diesem Raum mit den Lurchen«, sagte ich. »Das bedeutet, wir müssen an denen vorbei.«

»Aber wie denn nur?«, murmelte Sandro.

»So wie es aussieht, herrscht hier unten ewige Dunkelheit. Die Lurche sind also kein Licht gewöhnt. Normale Lurche sind auch eher nachtaktiv und verharren still, wenn es draußen hell ist.«

»Ich weiß, was du vorhast. Wir haben ja die Notlichter im Rucksack!«, rief Sandro. »Wir zünden die Lichter an, die Lurche sind total verwirrt und wir laufen einfach durch sie hindurch oder über sie hinweg.«

»Genau«, antwortete ich.

Ich hatte zwar keine Lust, über die schleimigen Leiber zu krabbeln. Aber es war zumindest ein Plan. Außerdem war es der einzige Plan, den wir hatten.

»Wie lange leuchtet denn so ein Notlicht?«, fragte Sandro.

»Sechzig Sekunden. Und wir haben acht Notlichter. Also haben wir acht Minuten Licht«, rechnete ich schnell aus.

»Das muss genügen. Hoffentlich ist der Raum nicht so lang«, sagte Sandro.

»Von hier aus kann man sechs blinkende rote Lichter hintereinander sehen. Der Abstand zwischen den Kameras könnte etwa zehn Meter sein«, überlegte ich. »Dann wäre der Raum etwa 60 Meter lang. 60 Meter in acht Minuten, das müssten wir schaffen.«

»Wir haben ja auch noch die Blitze an den Einwegkameras. Die sollten wir für alle Fälle parat haben«, sagte Sandro.

Inzwischen waren das Platschen und Quaken immer näher gekommen und der Geruch nach Knoblauch und Fußschweiß nahm uns fast den Atem. Die riesigen Amphibien mussten bis auf wenige Meter an uns herangekrochen sein. Es war, als bildeten sie eine dicke atmende Mauer vor uns. Die konnten wir zwar nicht sehen, aber ganz deutlich hören und riechen.

Mit dem Ärmel vom Kapuzenpulli der Prinzessin putzte ich meine Brille. Ich musste unbedingt gut sehen können, wenn wir über die Lurche krabbelten. Dann kramten wir die Lichter aus unseren Rucksäcken. Die Kameras hatten Schlaufen, an denen wir sie uns um das Handgelenk hängten. Wir atmeten noch einmal tief durch, zurrten unsere Helme fester und setzten die Rucksäcke wieder auf. In die rechte Hand nahm ich drei Notlichter und das Sturmfeuerzeug. In der linken Hand hielt ich das Licht, das ich als erstes anzünden wollte. Sandro machte es genau umgekehrt, weil er Linkshänder war. Dann stellten wir uns auf, bereit zum Start. Vor uns schmatzte und schnaufte die Masse der Lurche.

»Okay, du machst das erste Licht an und wirfst es zur Seite. Dann rennen wir sofort los«, sagte ich und spannte schon einmal meine Muskeln an.

»Alles klar«, sagte Sandro. »Auf die Plätze, fertig, los!«

Mit einem lauten Ratschen zündete Sandro das erste Notlicht an. Wir waren selber so lange im Dunkeln gewesen, dass ich erst ein paarmal blinzeln musste, bevor ich etwas sehen konnte. Die Brillengläser waren glücklicherweise nicht mehr allzu sehr verschmiert. Sandro stand wie erstarrt mit dem gleißenden Licht in der Hand.

»Du musst es wegwerfen!«, rief ich. »Aber sei vorsichtig, es ist superheiß. Damit kann man Eisen schmelzen.«

Sandro hob den Arm und warf das Licht weit zur Seite. Ein Platschen war zu hören.

»Verdammt! Ich habe das Licht ins Wasser geworfen!«, schrie Sandro panisch.

»Lauf! Sandro, lauf los!«, rief ich ihm zu, konnte mich aber selber auch nicht rühren.

»Das Notlicht ist im Wasser gelandet!«, rief Sandro. »Wir können gar nichts sehen, aber die Lurche uns.«

»Sandro, lauf endlich los! Das sind doch Magnesiumlichter. Magnesium brennt auch unter Wasser!«

Da erst schien Sandro zu bemerken, dass es um uns herum taghell war. Und nicht nur das. Im weißen Licht des Magnesiums sahen wir das Grässlichste, aber auch das Aufregendste, das ich mir vorstellen konnte. Vor uns stand eine etwa ein Meter hohe Wand aus Lurchen aller Art. Da gab es schlammfarbene Molche und gelb gefleckte Salamander mit platten Köpfen und breiten Körpern. Außerdem riesige Würmer ohne Beine, die sich auf ihr hinteres Ende gestellt hatten und aufrecht vor uns standen. Dazwischen streckten fischartige Wesen mit breiten Lippen und Schwimmflossen die Köpfe nach oben. Fette grüne Unken und Kröten waren da und weiße Axolotl, deren Kiemen wie kleine Bäumchen vom Kopf abstanden. Sie alle verharrten wie versteinert in dem gleißenden Licht, genauso wie ich es vorausgesagt hatte. Mit ihren großen runden

Augen starrten sie uns an und konnten uns doch nicht sehen. Neben ihnen strahlte es gleißend hell aus dem grünen Wasser, dessen Wellenbewegungen als silberne Reflexionen über die gemauerten Bögen des Gewölbes liefen. Es war bezaubernd und erschreckend zugleich.

Dann erlosch plötzlich das Licht und wir standen wieder im Dunkeln. Sofort kam Bewegung in die Lurche und ihr Schmatzen und Quaken hallte von den Wänden wider.

»Oh nein, wir sind ja gar nicht losgelaufen!«, schrie Sandro.

Schnell zündete ich mein Notlicht an. Es dauerte nicht einmal einen Wimpernschlag. Aber als sich der Raum wieder erhellte, schienen die Lurche ein Stückchen näher gerutscht zu sein.

»Na dann los!«, schrie ich und warf das Licht weit vor mich in den Raum.

Sicher könnt ihr euch genau vorstellen, wie wir Anlauf nahmen und hineinsprangen in die glotzende Versammlung. Oder?

Ich hätte es mir nicht vorstellen können. Die Lurche bildeten diese etwa einen Meter hohe atmende Wand vor uns. Ihr habt ja schon mitbekommen, dass ich nicht so groß bin. Um genau zu sein, messe ich nur einen Meter und neunundzwanzig. Hochzuspringen ist kein Problem für mich. Das schaffe ich als Hapkido-Schüler locker. Aber ich durfte auf keinen Fall zwischen den schleimigen Leibern wieder hinunterrutschen. Dann wäre ich von den Lurchen zerquetscht worden. Ich rannte los und sprang. Dabei stützte ich mich auf einem breiten Kopf zwischen zwei glupschigen Augen ab. Und das mit nur einer Hand – ich durfte ja die Leuchtsignale nicht verlieren. Ich landete weich.

›Jetzt nur nicht wieder abrutschen‹, dachte ich und kämpfte mich weiter über die glitschigen Lurchköpfe. Neben mir hörte ich Sandro.

»Verdammt!«, schrie er.

»Alles klar?«, rief ich.

»Alles klar«, antwortete Sandro. Wir hätten uns eh nicht helfen können. Jeder war auf sich alleine gestellt.

Am einfachsten war es natürlich, über die breiten Köpfe der Molche und Salamander zu laufen. Irgendetwas machte Klick in meinem Kopf. Und dann waren sie die Gehwegplatten, auf die ich treten musste. Die Ritzen, die ich auf keinen Fall berühren durfte, das waren die Lurche mit den schmalen Köpfen. Von ihnen würde ich abrutschen, hinunterfallen, zwischen ihren Leibern ertrinken. Sie waren wie gurgelndes Wasser voller gefährlicher Stromschnellen. Dazwischen lauerten gierige Mäuler, lange Zungen, warzige Krötenhaut und klebrig glänzende Augen wie Wirbel und Wasserfälle, die mich mitreißen und auf den schlammigen Grund drücken würden. Die hoch aufgerichteten Drehwürmer waren meine Slalomstangen, um die ich herumlaufen musste. An ihnen orientierte ich mich auf der Suche nach den breiten Molchköpfen, die mir als glitschige Steine dienten, auf denen ich den Wildbach überqueren konnte.

Sandro zündete das nächste Notsignal an, obwohl meins noch nicht erloschen war. Aber das war gut, denn so standen wir keine Sekunde im Dunkeln und die Lurche bewegten sich nicht. Das wäre furchtbar gewesen. Obwohl wir damit natürlich einige Sekunden Helligkeit verloren. Die Köpfe wurden immer glitschiger und schleimiger und ich hatte Mühe, das Gleichgewicht zu halten. Der Gestank nach Knoblauch und

Käsefüßen war mittlerweile unerträglich. Ich hatte das Gefühl, bald nicht mehr atmen zu können. Ich hoffte, dass ich genügend breite Molchköpfe in der schleimigen Versammlung finden würde, um bis ans Ende des Raumes zu kommen. Fieberhaft suchte ich nach dem besten Weg. Ich musste blitzschnell entscheiden, welcher Molchkopf der Richtige war. Es musste auf jeden Fall einer sein, hinter dem auch ganz bestimmt ein nächster war. Glücklicherweise kam ich gut voran. Ich hatte gerade die sechste Leuchtrakete abgefeuert und das Ende des Gewölbes war nicht mehr weit.

Da passierte es. Ich rutschte ab.

»Hilfe!«, schrie ich, bevor ich zwischen den dicken, schmierigen Körpern versank, die sich über mir wieder zusammenschlossen.

»Kurt! Kurt! Wo bist du?«, hörte ich Sandro verzweifelt rufen.

Hier unten, wollte ich antworten, aber das war sinnlos. Sandro würde mich niemals finden. Überzogen mit dem schleimigsten Schleim lag ich zwischen kalten, platten Bäuchen und knubbligen, warzigen Füßen. Aber ich konnte atmen. Und ich konnte sehen!

»Sandro«, schrie ich, »lauf weiter und zünde dein letztes Licht an. Ich suche mir einen Weg hier unten durch. Die Viecher sind so groß, dass ich zwischen ihren Beinen durchkrabbeln kann.«

Und dann robbte ich los. Inzwischen war ich so mit Schleim überzogen, dass ich schmieriger war als ein nasses Stück Seife. Ich fasste um die glatten Beine und an die warzigen Füße und zog mich vorwärts. So rutschte ich über den Boden. Wenn es nicht so eklig gewesen wäre, hätte es vielleicht sogar Spaß gemacht. Meine Haut begann wieder zu brennen. Doch darauf durfte ich nicht achten. Ich musste vorwärtskommen. Ich musste hier raus, bevor Sandros letztes Licht erloschen war.

Dann erlosch das letzte Licht.

»Mist«, hörte ich Sandro fluchen.

Kurz darauf blitzte es auf. Wieder und wieder. Sandro drückte den Auslöser seiner Kamera. Aber nur zehn Blitze später waren die Batterien leer. Zum Glück hatte ich im aufzuckenden Licht das Ende des Weges gesehen. Ein letztes Mal griff ich um einen kalten gummiartigen Fuß und zog mich unter der quakenden Masse hervor. Keine Sekunde zu früh, denn in der Dunkelheit lösten sich die Tiere aus ihrer Erstarrung und platschten, krabbelten und glitschten zurück in das Moderwasser.

»Hierher, Kurt!«, hörte ich Sandro.

Ich lief seiner Stimme entgegen. Vor mir öffnete sich eine Tür und ich rannte hindurch.

Im Bunker

»Die geht nicht mehr auf«, sagte Sandro, nachdem die schwere Metalltür mit einem dröhnenden Knall hinter uns wieder zugefallen war.

Ein sirrendes Klackern war zu hören und über uns schaltete sich automatisch eine lange Reihe Neonlampen ein. Wir standen in einem endlosen Gang, von dem viele, viele Türen abgingen. Es sah hier ganz anders aus als in den alten, gemauerten Gewölben der Kanalisation. Der Gang war eckig und weiß gestrichen wie in einem langen Bürohaus. Fenster gab es natürlich keine. Die Aussicht wäre auch nicht besonders spannend gewesen, immerhin befanden wir uns ja unter der Erde. Ich fragte mich, ob man das überhaupt noch Aussicht nennen würde – obwohl es wirklich nicht der richtige Augenblick war, darüber nachzudenken. Die Luft war nicht mehr stickig und auch nicht mehr so warm wie bei den Lurchen. Wir konnten hören, wie sich die schweren Leiber der Amphibien mit lautem Platschen und Rumsen gegen die Tür warfen. Aber das musste uns nicht mehr kümmern. Die Tür war fest verschlossen und ging nicht mehr auf. Stattdessen schauten wir vor uns in den langen Gang.

»Wow, das sieht hier aus wie in einem riesigen Bunker«, sagte Sandro.

»Und ich sehe aus wie ein mit Schleim übergossener Schauspieler, der in einem Horrorfilm mitspielt«, sagte ich. »Als Monster zum Beispiel. Ekliger Schleim spielt da immer eine große Rolle.« Ich fühlte mich, als hätte man mich mit grünem Slimy aus dem Spielzeugladen übergossen, vermischt mit rosa Duschgel, Tapetenkleister, flüssigem Eiweiß, grünem Nasenrotz, Schneckenschleim und matschigen Algen.

Sandro starrte mich an, als müsste er sich gleich übergeben. Dann spürte ich das Brennen wieder. Es tat fürchterlich weh. Ich rieb mir mit dem Ärmel über das Gesicht, aber davon wurde es auch nicht besser. Der Kapuzenpulli der Prinzessin war schließlich genauso mit Lurchschleim überzogen wie mein Gesicht. Rosa war er auf alle Fälle nicht mehr.

»Tut ganz schön weh, was?«, fragte Sandro und guckte mich ganz unglücklich an. Er selber hatte nur ein paar Spritzer abbekommen.

»Mhm«, machte ich. »Eine Dusche wäre jetzt wirklich prima.«

»Ich könnte mir glatt vorstellen, dass wir hier eine finden«, sagte Sandro und drückte die Klinke der ersten Tür nieder.

Die Tür ging tatsächlich auf. Eine Neonlampe blinkte ein paarmal klackend, bevor sie schließlich ganz anging, und wir erkannten einen gekachelten Raum mit einer langen Reihe

Schränke und Holzbänke an der einen Seite. Auf der anderen Seite waren unzählige Duschen an der Wand befestigt.

»Das gibt es doch gar nicht«, rief ich.

Ich zog mir ratzfatz den Helm und meine schleimigen Klamotten aus und warf sie auf eine Bank.

»Wenn jetzt noch Wasser aus den Duschen kommt, ist alles perfekt«, sagte Sandro grinsend. Er hatte einen der Schränke geöffnet und Handtücher und Duschgel gefunden.

»Stimmt.« Ich grinste zurück und schnappte mir die Flasche mit der duftenden Seife. Ich drehte an einem Hahn und ein dicker Strahl eiskalten Wassers prasselte auf mich herab.

»Ho! Ha!«, rief ich, als mir kurz die Luft wegblieb. Aber dann hatte ich mich an die Kälte gewöhnt und spülte mir den brennenden und stinkenden Schleim ab. Sandro sprang unter eine Dusche neben meiner. Nachdem wir uns gewaschen hatten, spritzten wir unsere Rucksäcke ab.

»Los, die Helme müssen auch mal abgewaschen werden«, rief ich und setzte meinen auf.

Sandro tat das Gleiche. Wir sahen zum Schießen komisch aus, wie zwei Rieseneierköpfe auf dünnen Beinen, die gerade von einem anderen Planeten gelandet waren. Wir lachten und spritzten uns gegenseitig mit Wasser voll. Aber plötzlich hallte unser Johlen so laut durch den Duschraum, dass wir vor Schreck still wurden. Einige Minuten später saßen wir mit den Helmen auf dem Kopf und in die Handtücher gewickelt nebeneinander auf einer Bank.

»Wenn wir hier irgendwo etwas anderes zum Anziehen finden würden, wäre das wirklich prima«, sagte ich leise.

Wir hatten beide keine Lust, wieder in unsere schleimigen und stinkigen Kleider zu schlüpfen. Nur um meine Mütze tat es mir leid. Obwohl sie unter dem Helm gewesen war, triefte sie vor Schleim und ich wollte sie nicht mehr behalten. Vielleicht würde mir Oma eine neue stricken, wenn sie wieder nach Hause kam. Aber hoffentlich keine grüne oder braune. Blau mit einem orangefarbenen Streifen wäre schön. Blau und Orange passen nämlich super zusammen.

»Hey, wovon träumst du gerade?«, fragte Sandro und rüttelte mich am Arm. »Lass uns lieber mal auf die Suche nach Klamotten gehen.«

Wir griffen unsere tropfenden Rucksäcke und liefen zur Tür. Da hörte ich ein feines Sirren aus einer Ecke. Unauffällig schaute ich dorthin und entdeckte eine Kamera, die mit ihrem Objektiv unseren Bewegungen folgte. Wir wurden also tatsächlich die ganze Zeit beobachtet! Wir überquerten den Gang und öffneten eine der Türen auf der gegenüberliegenden Seite.

»Das ist ja unglaublich«, flüsterte Sandro.

Vor uns lag ein Raum, der so groß war, dass wir sein Ende nur erahnen konnten. An den Wänden stand ein weißes Doppelstockbett neben dem anderen.

»Das müssen um die hundert Betten sein«, staunte ich.

Zu jedem Bett gehörte ein weißer Schrank. Wir öffneten einen der Schränke und fanden darin tatsächlich Anziehsachen: weiße Hosen und Pullis in meiner Größe und ein paar Schränke weiter auch in Sandros Größe. Während wir uns anzogen, wurde mir ziemlich mulmig zumute.

»Ich habe einen schrecklichen Verdacht«, murmelte ich und schaute mich in dem riesigen Raum um. Mir wurde kalt.

»Ich auch«, sagte Sandro und seine Stimme klang, als hätte er eine Gänsehaut.

»Hier ist alles vorbereitet …«, begann ich.

»… für die Kinder«, beendete Sandro den Satz.

Über uns war wieder ein Kamerasirren zu hören.

»Da will irgendjemand die Kinder aus der Stadt hierherbringen«, flüsterte ich.

»Aber warum? Wozu soll das gut sein?«

»Ich weiß es nicht«, antwortete ich.

»Besonders gemütlich ist es hier jedenfalls nicht.«

»Braucht es ja auch gar nicht zu sein«, sagte ich leise und Sandro starrte mich aus großen Augen an.

»Stimmt«, flüsterte er, »die haben ja dann den Tee.«

Uns schauderte.

»Wie hast du dich denn gefühlt, nachdem du davon getrunken hast?«, fragte Sandro. »Du warst auf alle Fälle total seltsam und hast sogar den Keks mit den Maden gegessen.« Er schüttelte sich vor Ekel und ich wollte daran eigentlich lieber gar nicht mehr denken.

»Das war total verrückt. Es war plötzlich so schön warm und gemütlich. Und die alte Lurchfrau fand ich sehr nett. Ich hatte vergessen, woher ich kam, und an meine Mutter und meine Oma konnte ich mich kaum noch erinnern. Ich wollte nie wieder weggehen, sondern für immer in dem Zimmer bei der Alten bleiben.«

»In dem Tee war sicher das gleiche Mittel wie in dem Essen, das der Rattenmann in der Schule ausgeteilt hat. Irgendeine Droge, die einem die Gedanken und Gefühle ganz durcheinanderbringt. Dann will man gar nichts mehr tun, sondern ist einfach zufrieden, egal in was für einer merkwürdigen Situation man gerade steckt.«

»Also werden sich alle Kinder hier wohlfühlen und nichts vermissen«, sagte ich. »Nicht einmal ihre Eltern. Aber die scheinen sie ja sowieso schon ganz vergessen zu haben.« Ich dachte an die lächelnden Kinder, die im Schulhof faul in der Sonne lagen. Und mir fiel plötzlich auf, dass ich, seitdem es das Mittagessen gab, kein Kind mehr hatte weinen hören, nicht einmal die kleineren.

»Aber die Eltern haben ja ihre Kinder auch vergessen«, sagte Sandro düster.

»Gruselig«, sagte ich.

»Verdammt gruselig.«

Die Betten schienen plötzlich unsere Namen zu flüstern und ich konnte meine Augen kaum noch offen halten. Obwohl ich mich hier unten alles andere als wohlfühlte, wollte ich nur noch schlafen. Mir war auch ganz egal, dass von der Decke weißes Neonlicht strahlte.

»Wie spät mag es wohl sein?«, fragte ich gähnend.

Sandro schaute auf seine Funkuhr. »Keine Ahnung. Meine Uhr funktioniert nicht mehr«, antwortete er und gähnte auch.

»Ich habe das Gefühl, als hätte ich seit einer Woche nicht geschlafen«, murmelte ich und legte mich auf das nächstbeste Bett.

»Vielleicht sollten wir erst einmal ein Stündchen schlafen«, schlug Sandro vor und krabbelte in das Bett daneben.

Gute Idee, wollte ich noch sagen, aber da war ich schon eingeschlafen.

Lange konnte ich jedoch nicht geschlafen haben. Denn als ich erwachte, fühlte ich mich, als hätte mir jemand mit einem Hammer auf den Kopf geschlagen und als hingen schwere Gewichte an meinen Augenlidern. Ich konnte meine Augen kaum öffnen. Trotzdem war ich plötzlich hellwach. Irgendetwas hatte mich geweckt. Ein ungewöhnliches Geräusch, das jetzt nicht mehr zu hören war. Das Neonlicht war ausgegangen und ich lauschte angestrengt in die Dunkelheit. Doch da war nichts außer einem leichten Brummen, das wahrscheinlich von einem Belüftungssystem kam. Und Sandros beruhigendes Schnarchen. Ich drehte mich auf die andere Seite und hoffte, noch einmal einzuschlafen. Aber mein Herz klopfte so laut, dass es mich wach hielt.

Und dann hörte ich es wieder – ein schlurfendes, schmatzendes Geräusch. Ich musste nicht lange herumraten, wer das verursachte. Entweder hatten es die Lurche geschafft, die Metalltür zu öffnen, oder es gab auch hier im Bunker welche von ihnen. Wie es sich anhörte, waren diese Lurche mindestens genauso groß wie die aus dem Gewölbekeller. Oder noch größer.

Plötzlich merkte ich mit Schrecken, dass ich im Schlaf meine Hand aus dem Bett hatte hängen lassen. Und da hing sie noch immer. Ich musste so schnell wie möglich meine Hand wieder unter die Bettdecke ziehen! Bevor irgendein breites Maul danach schnappte oder eine dicke Zunge sie ableckte. Aber ich konnte sie nicht bewegen. Mein Arm war kalt wie Eis und ich hatte gar kein Gefühl mehr darin. Es war, als gehörten Arm und Hand nicht mehr zu mir. Mich gruselte es wahnsinnig. Ich überlegte, ob ich Sandro wecken sollte. Oder sollte ich lieber leise sein, damit diejenigen, die hier herumschlichen, uns nicht finden konnten?

Da richtete sich plötzlich ein riesiger Schatten neben Sandros Bett auf. Also eigentlich war es gar kein Schatten, denn es war so dunkel, dass es keinen Schatten hätte geben können. Aber etwas unglaublich Riesiges richtete sich neben Sandro auf. Und das war auf alle Fälle etwas, das keine Probleme haben würde, zehnjährige Jungs im Ganzen zu verschlucken. Es musste eine leuchtende Haut haben, weil ich es sehen konnte.

Ich wollte schreien und Sandro warnen, aber kein Laut kam aus meinem Mund. Und dann musste ich mit ansehen, wie sich das riesige Lurchmonster über Sandro beugte und eine Unmenge leuchtenden Schleim über ihn erbrach. Ich wusste, was nun folgen würde, und presste vor Angst meine Augen fest zusammen. Ich musste etwas tun! Ich musste Sandro helfen! Dazu brauchte ich eine Waffe: ein Messer oder irgendeinen Stock. Aber noch immer konnte ich mich nicht bewegen. Nicht meinen Kopf, nicht die Hand, die noch immer aus dem Bett hing, noch nicht einmal einen kleinen Zeh. Ich musste doch wenigstens schreien, um Sandro zu warnen, auch wenn es dazu längst zu spät war. ›Konzentriere dich, Kurt!‹, befahl ich mir selber und steckte all meine Energie in meine Stimme.

»Sandroooo!!!! Sandroooo!!!!«, schrie ich, so laut ich konnte.

»Ich bin doch da«, sagte Sandro neben mir und seine Stimme klang ganz ruhig. »Das muss ja ein heftiger Traum gewesen sein. Ist aber auch kein Wunder, bei all dem, was wir erlebt haben.«

Ich öffnete die Augen und alles wurde schwarz um mich.

»Das Licht ist aus. Es ist stockdunkel«, stellte ich fest und versuchte mich zu orientieren.

»Ja, es muss ausgegangen sein, als wir schliefen. Bist du jetzt richtig wach?«, fragte Sandro.

»Ich glaube schon«, antwortete ich und hoffte, dass das stimmte. »Wie lange haben wir denn geschlafen?«

»Ich weiß es nicht. Ich habe gar kein Gefühl mehr für die Zeit. Aber wir müssen so schnell wie möglich denjenigen finden, der das hier alles geplant hat.«

»Oder diejenige«, sagte ich und schwang meine Beine aus dem Bett.

»Genau, oder diejenige«, wiederholte Sandro.

»Und wir müssen ganz schnell die Prinzessin finden.«

»Sie will wahrscheinlich gar nicht von uns befreit werden«, befürchtete Sandro.

»Sie weiß wahrscheinlich gar nicht mehr, was sie will«, vermutete ich. »Weil sie immer, wenn sie Durst hat, Tee zu trinken kriegt.«

»So was Blödes«, sagte Sandro.

Und das war es.

Wir liefen auf den Flur hinaus und das Neonlicht ging an. Es funktionierte wahrscheinlich durch einen Bewegungsmelder. Auch das Sirren der Kameras war wieder zu hören und wir wussten, dass wir beobachtet wurden. Aber wir taten so, als würden wir das nicht bemerken.

»Was hast du denn geträumt?«, fragte Sandro.

Ich schaute ihn von der Seite an, wie er weiß gekleidet und mit frisch gewaschenen Haaren neben mir herlief.

»Ach, frag lieber nicht«, antwortete ich und war froh, wenigstens einmal nur geträumt zu haben.

Wir liefen immer weiter den Gang entlang. Er schien kein Ende nehmen zu wollen. Wir öffneten keine der Türen, die rechts und links abgingen. Sie sahen alle gleich aus und wir vermuteten dahinter entweder Dusch- oder Schlafräume.

»Hier scheint eine Küche zu sein«, sagte ich, als wir an einer Tür vorbeiliefen, aus der ein köstlicher Geruch drang.

Wir blieben stehen, denn wir hatten einen Bärenhunger. Sandro öffnete die Tür. Dahinter verbarg sich tatsächlich eine riesige Küche. Es roch wirklich sehr lecker und ich bekam noch größeren Hunger.

»Mensch, hab ich Kohldampf«, stöhnte Sandro und suchte

auf den herumstehenden Blechen und Pfannen nach etwas Essbarem. Sie waren nicht gespült worden und es waren genug Reste übrig. Sie waren sogar noch warm.

»Hähnchen mit Pommes«, sagte Sandro.

Wir schütteten alles auf ein Blech zusammen und stellten es zwischen uns.

»Das hier ist also die Küche, von der aus die Kinder in der Schule mit Essen versorgt werden«, sagte Sandro und wollte sich gerade eine Pommes in den Mund schieben. Aber da begriffen wir es beide gleichzeitig. Wir durften auf keinen Fall etwas essen. Sandro warf die Pommes wieder auf das Blech und ich spuckte den Bissen aus, den ich schon im Mund hatte.

»Das war jetzt wirklich knapp«, sagte ich.

Sandro blickte noch einmal sehnsüchtig auf das Blech, bevor er ihm einen Schubs gab. Es rutschte mit einem Scheppern ein Stückchen von uns weg.

»So was Blödes, ich habe solchen Hunger«, seufzte er.

Zur Antwort knurrte mein Magen. Wir schauten uns in dem weiten Raum um, in dem sich Herd neben Spüle und Spüle neben Herd reihten.

»Guck mal hier«, raunte Sandro. Er griff in ein Regal und nahm eine kleine, braune Flasche heraus, wie ich sie aus der Apotheke kannte. Die Flasche hatte eine Pipette im Deckel und auf ihrem Bauch klebte ein kleines, verschmiertes Schild. Darauf stand:

KINDERGLÜCK

»Das ist das Mittel, das sie ins Essen und in den Tee mischen«, flüsterte ich, heiser vor Aufregung.

Sandro nickte stumm und wollte die Flasche schon zurückstellen, als er innehielt. »Wollen wir sie auskippen und stattdessen Wasser hineinlaufen lassen?«, flüsterte er.

Wir schauten uns an und suchten aus den Augenwinkeln nach Kameras. Es waren aber keine zu sehen.

»Tolle Idee«, flüsterte ich und kippte die Flasche in einem Spülbecken aus. Dann füllte ich sie mit Wasser und stellte sie zurück. Da entdeckte ich im Regal über dem nächsten Herd noch ein Fläschchen. Und dann noch eines und noch eines. Über jedem Herd stand eine Apothekenflasche.

»Es sind zu viele. Wir können sie nicht alle ausschütten«, sagte ich.

Plötzlich gab es ein lautes Getöse im Flur.

»Da kommt jemand«, flüsterte Sandro. »Los, wir klettern auf das Regal. Nach oben schauen sie bestimmt nicht.«

Also krabbelten wir auf das Regal und versteckten uns hinter großen Töpfen. Gerade noch rechtzeitig. Denn da öffnete sich auch schon die Tür und eine Schar laut schnatternder Rattenmänner kam herein. Bisher kannte ich ja nur den Rattenmann, der in unserer Schule das Essen verteilt hatte. Aber es gab offensichtlich mehr von ihnen. Sie trugen Tellerstapel, Besteckkörbe und Tabletts, die sie in die einzelnen Spülbecken abluden. Dann gingen sie wieder aus der Küche hinaus. Keiner von ihnen hatte den Kopf gehoben und nach oben geschaut.

»Sie haben uns nicht gesehen«, flüsterte ich erleichtert.

»Es gibt also mehrere von ihnen«, sagte Sandro.

»Das bedeutet, dass nicht nur die Kinder in unserer Schule von ihnen versorgt werden.«

»Richtig. Wenn ich mir überlege, wie viele Betten hier

bereitstehen, wird mir ganz übel«, murmelte Sandro. Er schickte sich an, wieder vom Regal zu klettern.

»Komisch, dass es hier in der Küche keine Kameras gibt«, sagte ich und wollte schon Sandro hinterherklettern. Doch da öffneten sich im Boden verschiedene Klappen, die wir bis dahin noch gar nicht bemerkt hatten. Aus denen krochen jetzt Lurche in kackbraunen Gummijacken. Sandro und ich erstarrten in unserer Bewegung. Die Lurche machten sich sofort über den Abwasch her – wenn man es denn so nennen wollte. Denn eigentlich leckten sie mit ihren großen Zungen einmal über die Teller und rieben mit gräulichen Küchenhandtüchern den Schleim ab. Dann verschwanden sie wieder in den Luken, ohne uns bemerkt zu haben. Wir sprangen auf den Boden und schüttelten unsere steifen Arme und Beine aus.

»Bäh, wie eklig«, sagte Sandro.

Ich hatte gerade genau dasselbe gedacht.

Gefangen

Wir schlichen zur Tür und guckten den Flur entlang. Er war genauso verlassen wie zuvor. Die Kameras zeigten jedoch mit ihrem ständigen Sirren an, dass wir immer noch beobachtet wurden.

»Wir werden immer noch beobachtet«, raunte ich Sandro zu.

Der nickte. »Ich weiß«, flüsterte er.

»Was ihr doch für kluge Kinder seid«, ertönte plötzlich eine laute Stimme.

Ich zuckte vor Schreck zusammen und Sandro deutete auf einen Lautsprecher in der Decke des Flurs. Daneben konnte ich auch kleine Mikrofone erkennen. Na klar, schoss es mir durch den Kopf. Es war ja nur logisch, dass man uns nicht nur beobachten, sondern auch hören konnte.

»Wir wollen mit Ihnen reden!«, rief Sandro.

Ich starrte ihn überrascht an. »Meinst du, das ist eine gute Idee?«, fragte ich.

»Hast du eine bessere? Er sieht uns sowieso die ganze Zeit und hört, was wir sagen. Dann können wir auch gleich zur Sache kommen. Heimlich Pläne schmieden können wir hier mit all den Kameras sowieso nicht.«

Doch, in der Küche, wollte ich sagen.

Aber da öffnete sich am Ende des Ganges wie von Geisterhand eine Tür. Vorsichtig gingen wir auf die offene Tür zu.

»Nur damit wir wissen, was uns erwartet: Sind Sie ein Mensch?«, rief Sandro.

»Ha, ha, ha!«, lachte es schallend von allen Wänden. »Findet es heraus.«

Da blieb ich wie angewurzelt stehen.

»Wie meint er das?«, fragte ich flüsternd und dachte an das unheimliche Wesen aus meinem Traum.

»Entweder ist er kein Mensch, oder er ist einer, verkleidet sich aber und will sich nicht zu erkennen geben. Oder er weiß es selber nicht«, antwortete Sandro ebenso leise.

»Wie kann man das denn nicht wissen?«, fragte ich.

»Na vielleicht, weil man ihm von Kind auf immer wieder gesagt hat, er sei nicht das, was er zu sein glaubt.« Sandro sagte das so, als sei es das Logischste der Welt. Aber ich verstand überhaupt nichts.

Da öffnete sich plötzlich eine weitere Tür zwischen uns und dem Ende des Ganges. Ein schrilles Quietschen erfüllte die Luft und eine dicke Gänsehaut krabbelte mir über den Rücken. Ich war auf alles gefasst. Hier unten hatten wir ja gelernt, dass unsere ungeheuerlichsten Erwartungen immer noch übertroffen werden konnten. Aber es erschien erst einmal nur ein Servierwagen, wie ihn Zimmermädchen in Hotels vor sich herschieben. Das Quietschen kam von seinen Rädern. Der Wagen war mit Stapeln ordentlich zusammengelegter, strahlend weißer Wäsche beladen. Und er wurde von einem Mädchen in weißer Kleidung geschoben. Einem großen Mädchen mit einem festen Zopf und einem grünlichen Gesicht. Fast hätte ich sie nicht erkannt, ohne ihre Kleider mit den rosafarbenen Bändern und den wilden, feuerfarbenen Locken.

»Prinzessin!«, rief ich. »Da bist du ja!«

Ich wollte auf sie zulaufen und sie umarmen – obwohl ich mich so etwas eigentlich nie traue. Doch dann blieb ich wie angewurzelt stehen. Die Prinzessin schaute zwar in unsere Richtung, aber in ihrem Gesicht passierte nichts. Es blieb ausdruckslos – bis auf das zufriedene Lächeln, das wir von den Kindern im Schulhof so gut kannten. Aber ihre Augen strahlten nicht wie Sterne. Sie schob ihren quietschenden Wäschewagen an uns vorbei und sagte kurz »Hallo«. Dann verschwand sie in einem der Schlafsäle.

»Sie hat uns nicht erkannt«, sagte Sandro.

In mir drinnen fühlte es sich an, als wäre da ein riesiges Loch, und in dieses Loch fiel ich hinein.

»Kurt!«, Sandro hockte sich zu mir und berührte meinen Arm. »Hey, Kurt, weine nicht, bitte. Es ist nur dieser verdammte Tee. Das weißt du doch.«

Sandro gab sich alle Mühe und ich wusste, dass er Recht hatte. Trotzdem. Mir kam es so vor, als hätte alles keinen Sinn mehr.

»Sie wird niemals mit uns mitgehen«, schluchzte ich. »Und vielleicht kommen wir hier auch niemals wieder raus.«

»Kurt, hör auf damit!« Sandro legte seine Arme um meine Schultern und wiegte mich hin und her. »Du darfst nicht den Mut verlieren. Wir müssen einfach daran glauben, dass wir es schaffen. Wir müssen doch die Welt retten. Hast du das etwa vergessen?«

Nein. Vergessen hatte ich das nicht, aber für einen Moment war mir das egal. Ich wollte nur noch nach Hause. In ein Zuhause, wie ich es von vorher kannte, bevor das alles passiert war.

»Lass uns einfach die Prinzessin schnappen und dann zusammen fliehen!«, sagte ich leise.

Sandro schaute mich stumm an.

»Also, ich könnte sie doch ein bisschen k.o. schlagen, sodass es ihr nicht wehtut. Und du könntest sie tragen. Du bist doch groß genug«, versuchte ich ihn zu überzeugen.

»Die Prinzessin ist größer als ich und sie ist stark«, erwiderte Sandro. »Sie würde sich wehren. Du weißt, wie stark man sein kann, wenn man wütend ist. Und die Prinzessin kann sehr wütend werden. Außerdem, wohin sollen wir denn fliehen?«

»Immer geradeaus. Vielleicht gibt es da irgendwo noch eine Tür«, schlug ich vor. »Eine, die nach draußen führt.«

»Ich glaube nicht, dass das so einfach ist, nach all dem, was wir hier unten erlebt haben«, sagte Sandro. »Komm!«, drängte er und zog mich vom Boden hoch auf die Füße. »Wir suchen jetzt den Verantwortlichen und stellen ihn zur Rede.«

Ich guckte Sandro an. Sein Blick war längst nicht so entschlossen wie seine Stimme. Außerdem hatte er auf dem weißen Pulli einen Soßenfleck, der aussah wie der Umriss von Afrika. Sogar den Äquator konnte man erkennen, denn genau dort verlief eine Bügelfalte. Wie kam der denn da hin? Wir hatten doch gar nichts gegessen. Ich riss mich zusammen. Es gab jetzt wirklich Wichtigeres zu tun, als über Flecken nachzudenken.

Also liefen wir auf die offene Tür am Ende des Ganges zu. Als wir dort ankamen, dachten wir gar nicht lange nach, sondern traten über die Schwelle. Mit einem lauten Krachen schlug die Tür hinter uns zu. Damit hatte ich schon gerechnet. Das war immerhin das dritte Mal, dass das passierte. Vor uns an der Wand hingen 20 Monitore. Auf denen liefen wir uns selbst zwanzigfach entgegen. Dann zeigten die Bildschirme nur noch den verschlossenen Türeingang. Wir waren außerhalb der Reichweite der Kameras, denn wir befanden uns im Schaltraum. Und in diesem Schaltraum musste derjenige sein, der all das, was in den letzten vier Wochen passiert war, veranstaltet hatte. Von ihm war allerdings nichts zu sehen. Also warteten wir.

Die Bildschirme flackerten kurz und zeigten dann verschiedene Orte, die ich alle wiedererkannte. Es waren die Stationen unserer Reise durch die unterirdische Welt. Da waren der niedrige Erdtunnel und das hohe Gewölbe mit dem kristallklaren Wasser, der schmale Gang und das Zimmer der Alten. Sie saß am Tisch und nähte Gummijacken. Auf einem Monitor sah ich den hohen Raum, in den wir mit den eisigen Wassermassen geschwemmt worden waren. Da waren die Bilder aus dem stickigen, niedrigen Gewölbe. Wie ich vermutet hatte, filmten die Kameras auch im Dunkeln. Deutlich konnte ich die riesigen Molche und Lurche, Würmer und Unken erkennen. Sie saßen einfach nur zusammengedrängt und starrten vor sich hin. Irgendwie guckten sie traurig. Vielleicht hatten sie Spaß mit uns gehabt und bedauerten nun, dass wir so schnell wieder verschwunden waren. Beinahe musste ich lachen.

»Das Wasser und die Wände leuchten«, riss mich Sandro aus meinen Gedanken. »Das war vorhin noch nicht so. Das muss irgendein selbstleuchtender Pilz sein.«

»Es sind Bakterien«, sagte eine hohe Stimme.

Wir zuckten zusammen, denn wir hatten gedacht, wir wären alleine. Doch da drehte sich der Schreibtischstuhl vor uns und darauf saß ein sehr kleiner, weiß gekleideter Herr mit einem strubbeligen Bart. Ich starrte ihn an. Mit allen Monstern der Unterwelt hatte ich gerechnet, mit irgendeinem Riesenlurch oder mit einem besonders hässlichen Rattenmann, einer lurchigen Rattenfrau oder einer riesigen, sprechenden Kröte. Aber ein kleines, bärtiges Männlein, das uns aus blauen Augen anstrahlte, hatte ich nicht erwartet.

»Guten Abend«, stammelte Sandro.

»Guten Morgen, mein Junge. Denn es ist bereits früher Morgen. Ihr seid Kurt und Sandro, wie ich hörte. Mein Name ist Professor Kolossos«, sagte der kleine Herr und lächelte.

»Guten Morgen«, sagte ich verblüfft.

Für jemanden, der die Welt in Gefahr brachte, war er eindeutig zu nett.

Doch plötzlich fiel ein Netz auf uns herab. Professor Kolossos hatte uns hereingelegt! Das passte schon viel besser. Wir versuchten uns zu befreien und zappelten wie verrückt mit den Armen und Beinen. Doch dadurch verhedderten wir uns immer mehr im Netz. Plötzlich kamen aus allen Richtungen Ratten mit lustigen Kappen. Ich konnte sie aufgeregt quietschen und pfeifen hören. Mit ihren nackten, rosa Pfoten griffen sie das Netz und wickelten uns noch fester darin ein.

»Sie nehmen uns gefangen!«, ächzte Sandro.

Jetzt hätte ich gerne um Hilfe gerufen. »Es wäre wahrscheinlich sinnlos, wenn wir um Hilfe rufen würden, stimmt's?«, fragte ich Professor Kolossos.

»Richtig, mein Junge, das wäre völlig sinnlos. Aber es wäre wahrscheinlich genauso sinnlos, euch zu fragen, ob ihr einen Tee mit mir trinken möchtet, nicht wahr?«, antwortete der kleine Mann mit der hohen Stimme und dem strubbeligen Bart.

»Niemals werden wir von Ihrem Tee trinken!«, schrie Sandro wütend.

»Tja«, seufzte Professor Kolossos und es hörte sich tatsächlich etwas traurig an. »Das habe ich mir schon gedacht. Bringt sie fort!«, befahl er mit einer Stimme, die wie ein Pfiff schrillte. Die Ratten hoben uns hoch und trugen uns durch die Tür in den Gang hinaus. Weil die Ratten so klein waren, sah es ein bisschen so aus, als würden wir über dem Boden schweben.

»Das glaubt uns keiner«, stöhnte Sandro.

»Das und alles andere auch nicht«, sagte ich.

Irgendwann legten die Ratten uns ab und begannen am Netz zu nagen. Ich erkannte einen Raum, in dem zwei Doppelstockbetten standen. Sonst nichts. Als ich den Kopf ein bisschen drehte, sah ich, dass der Raum nur drei Wände hatte. Die vierte Seite bestand aus Gitterstäben, durch die man in den Flur sehen konnte. Es sah aus wie ein Gefängnis in einem Wildwestfilm. Dann huschten die Ratten mit den lustigen Kappen wieder hinaus. Wir brauchten eine ganze Weile, bis wir uns aus dem angenagten Netz befreit hatten. Da war die Gittertür längst zugefallen und fest verschlossen.

Kein Kinderglück

Natürlich hatten wir nie geglaubt, dass wir in der Kanalisation einen gemütlichen Spaziergang machen würden. Wenn es so einfach wäre, die Welt zu retten, dann wäre sie ja niemals in Gefahr. Aber dass wir in einem Gefängnis landen würden, damit hatten wir nicht gerechnet. Anstatt die Prinzessin zu befreien und das Geheimnis um die verschwundenen Eltern zu lüften, saßen wir in einem Raum mit Gitterstäben und zwei Doppelstockbetten fest.

»Komm, Kurt, wir essen erst einmal was«, sagte Sandro.

Wir kramten den letzten Müsliriegel, zwei Traubenzucker und die fast leeren Wasserflaschen aus den Rucksäcken.

»Ein Festmahl ist das nicht gerade«, murmelte Sandro und brach den Müsliriegel in zwei gleich große Hälften.

Mensch, hatten wir Hunger und Durst! Mit einem Happs schlangen wir den Müsliriegel hinunter, und ehe wir uns versahen, waren auch die Wasserflaschen leer und der Traubenzucker weggelutscht. Besonders satt waren wir danach nicht.

Wir legten uns in die unteren Betten und warteten. Wir warteten sehr lange, aber es passierte nichts. Überhaupt gar nichts. Wir hatten auch keine Lust, uns zu unterhalten. Dabei hatten wir so verrückte und unglaubliche Dinge erlebt, dass wir genug Redestoff gehabt hätten. Manchmal ist das ja so. Stattdessen dösten wir vor uns hin. Irgendwann ging das Licht aus. Das bedeutete wohl, dass es Nacht war und wir schlafen sollten.

»Bist du müde?«, flüsterte Sandro.

»Nicht das kleinste bisschen«, antwortete ich und gähnte. »Ich will endlich wissen, was nun passiert. Dieses Warten macht mich noch ganz verrückt.«

»Das ist vielleicht auch der Plan«, vermutete Sandro. »Vielleicht will uns Professor Kolossos langsam verrückt machen.«

»Genau. Bis wir mit ihm Tee trinken«, sagte ich.

»Niemals werden wir von dem Tee trinken. Abgemacht?«

»Abgemacht. Niemals. Wir wollen doch die Prinzessin befreien«, sagte ich.

»Und die Welt retten«, fügte Sandro hinzu.

Wir sind dann doch eingeschlafen, denn Professor Kolossos weckte uns irgendwann. Wahrscheinlich war es der nächste Morgen. Er brachte uns ein Tablett mit einer Kanne Tee und Tassen. Außerdem waren darauf Brötchen und Rührei, Saft und Marmelade. Bevor ich ganz wach war, meldete sich auch schon mein Magen mit einem lauten Knurren.

»Sie können mit Ihrem vergifteten Frühstück direkt wieder gehen«, hörte ich Sandro sagen, bevor ich die Augen aufmachte.

»Also gut, Jungs, wie ihr wollt«, piepste Professor Kolossos. »Aber irgendwann müsst ihr etwas trinken.«

»Aber nicht Ihren Tee«, giftete Sandro ihn an. »Lieber werden wir hier elendig verdursten, als uns von Ihnen das Gehirn verwirren zu lassen.«

Einmal alle Stunde kam Professor Kolossos mit einem voll beladenen Tablett an die Gitterstäbe. Wir konnten das Essen und den Tee riechen. Der Duft blieb jedes Mal im Gang hängen, wenn der Professor wieder gegangen war. Es war zum Verrücktwerden.

Irgendwann klang Sandros Protest nicht mehr so laut und entschlossen wie am Morgen. Ich hätte inzwischen auch furchtbar gerne eine Tasse Tee getrunken. Er schmeckte ja eigentlich ganz gut. Konnte es wirklich so schlimm sein, sich für eine Weile wohlzufühlen? Außerdem hatte ich unvorstellbaren Durst.

»Wir müssen standhaft bleiben, Kurt«, beschwor mich Sandro immer wieder. Und sich selbst wahrscheinlich auch. »Wir müssen die Prinzessin retten. Wir müssen alle Kinder der Stadt, ja, vielleicht der ganzen Welt retten. So wie es aussieht, sind wir die Letzten, die noch einen klaren Kopf haben.«

Das wusste ich alles, aber wenn man länger als zwei Tage kaum etwas isst und trinkt und ein Männchen mit einem struppigen Bart einem stündlich ein großes Frühstück mit leckerem Tee anbietet, ist es verdammt schwer, ein Held zu sein. Dass inzwischen zwei Tage vergangen waren, seitdem der Professor uns eingesperrt hatte, wussten wir, weil er es uns gesagt hatte. Ich hatte überhaupt gar kein Zeitgefühl mehr und wusste weder, wann es Tag, noch, wann es Nacht war. Außerdem bekam ich furchtbare Kopfschmerzen.

»Was für ein alberner Name: Professor Kolossos!«, schnaubte Sandro ärgerlich, als wir mal wieder alleine waren. »Er nennt sich wie ein Riese, obwohl er ein Zwerg ist. Total bescheuert.«

Um uns die Zeit zu vertreiben, dachten wir uns Namen aus, die besser zu Professor Kolossos gepasst hätten: Doktor Weißhaupt, Zwerg Strubbelbart, Professor Minimi, Zwerglein Gernegroß … Es machte sogar ein bisschen Spaß, auch wenn es viel zu anstrengend war, darüber zu lachen. Dann erzählten wir uns Geschichten. Von zuhause, von unseren Eltern und von früher, als wir klein waren. Aber auch von den letzten vier Wochen, die wir gemeinsam erlebt hatten. Ich erklärte Sandro, wie ich den besten Computer der Welt bauen wollte, und er erzählte mir von den Büchern, die er gelesen hatte. Es waren viele. Und sie waren nicht für Kinder geschrieben. Jetzt begriff ich auch, warum Sandro manchmal diese tollen Sätze sagte, die ich nicht verstand. Zwischendrin spielten wir *Stein, Schere, Papier* und *Ich sehe was, was du nicht siehst.* Aber das machte in einem weißen Raum mit weißen Möbeln nicht besonders viel Spaß. Wir versuchten, ein paar Hapkido-Atemübungen zu machen, aber dafür waren wir einfach zu geschwächt.

Doch schließlich konnten wir Hunger und Durst nicht mehr wegreden oder wegdenken. In der Nacht des zweiten Tages dachten wir eigentlich an überhaupt nichts anderes mehr als ans Essen und Trinken. Und als am dritten Morgen die Prinzessin mit einer Kanne Tee zu uns ins Zimmer kam, sie auf dem Boden abstellte und uns stumm anlächelte, gaben wir auf. Wir stürzten auf die Kanne und tranken und tranken und tranken. Wir tranken so viel, dass es uns beinahe aus den Ohren wieder herauskam.

Dann setzten wir uns auf das Bett und warteten auf die Wirkung des »Kinderglücks«. Die Prinzessin setzte sich dazu. Niemand sagte etwas. Wir starrten auf den weißen Boden und warteten. Aber nichts passierte. Ich fühlte mich nicht besonders wohl und ich war auch nicht plötzlich froh und zufrieden. Ich hatte riesigen Hunger, mir war langweilig und das viele Weiß um uns herum ging mir auf die Nerven. Außerdem war ich sehr traurig, weil die Prinzessin so stumm bei uns saß und sich an nichts zu erinnern schien. Auch bei Sandro wirkte das »Kinderglück« nicht. Er stupste mich vorsichtig an und ich zuckte mit den Schultern. Die Prinzessin hatte sich ebenfalls eine Tasse Tee genommen und trank sie langsam und bedächtig aus. Wir beobachteten sie dabei und warteten dann einfach weiter. Ich habe keine Ahnung, wie lange wir gewartet haben. Das stetige Sirren der Kameras erinnerte uns daran, dass wir die ganze Zeit beobachtet wurden.

Da passierte etwas mit der Prinzessin. Plötzlich begannen ihre Augen wieder zu strahlen wie zwei Sterne. Als hätte sie jemand angeknipst. Es sah toll aus. Dann fasste sie sich an die Stirn und guckte erschrocken. Sie öffnete den Mund, um etwas zu sagen, aber Sandro hob ganz kurz den Finger an die Lippen. Die Prinzessin durfte auf gar keinen Fall verraten, dass sie gerade aus ihrer Betäubung erwacht war. Aus irgendeinem Grund war in dem Tee kein »Kinderglück«. Und ich ahnte, warum.

»Hast du uns den leckeren Tee gekocht?«, fragte ich die Prinzessin.

»Ja?«, antwortete sie. Es klang eher wie eine Frage.

»In der großen Küche?«

»Ja?«

»Am ersten Herd?«

»Ja?«, antwortete die Prinzessin und runzelte ihre Stirn.

Sandro und ich grinsten uns an. Am ersten Herd hatten wir das »Kinderglück« in dem Fläschchen gegen Leitungswasser ausgetauscht.

»Hast du auch ein paar Tropfen ›Kinderglück‹ dazugetan?«, fragte Sandro.

»Natürlich«, antwortete die Prinzessin, »das kommt doch in jede Kanne Tee.«

Ich merkte, dass die Prinzessin nicht mehr verstand, wovon sie eigentlich sprach. Sie fasste sich an den Kopf und verzog ihr Gesicht, als hätte sie Schmerzen.

»Dein Kopf brummt wie ein Wespennest oder ein Pressluft-hammer oder beides zusammen. Richtig?«, fragte ich flüsternd und sie nickte.

Ich drückte ganz vorsichtig ihre Hand. Aber das sirrende Geräusch der Kamera über uns erinnerte mich daran, dass ich mir nichts anmerken lassen durfte. Ich ließ die Hand der Prinzessin los und kuschelte mich in die Bettdecke. Dabei seufzte ich laut. Ich hoffte, es klang wohlig.

»Ach, hier ist es richtig schön«, sagte ich. »Hoffentlich bringt uns der nette Professor Kolossos gleich etwas Leckeres zu essen. Ich habe einen Bärenhunger.«

»Vielleicht könnten wir heute auch ein bisschen raus aus dem Zimmer und mit unserer Freundin spielen«, sagte Sandro. »Oder, was meint ihr? Es ist so toll, dass wir jetzt endlich wieder zusammen sind. Und auch noch an einem so schönen Ort.« Er schaute sich begeistert um.

Die Prinzessin fasste sich noch immer an den Kopf, aber ich konnte an ihren Blicken sehen, dass sie verstanden hatte.

»Kommt, ich bringe euch zu Professor Kolossos. Er wird sich sehr freuen«, sagte sie und stand auf.

»Au ja!«, rief Sandro und da hatte ich Sorge, dass wir es vielleicht ein bisschen übertrieben.

Wir folgten der Prinzessin in den Schaltraum. Wegen der vielen Kameras konnten wir leider nicht miteinander reden. Zwar wussten wir, dass wir den Professor irgendwie überlisten mussten, aber wir konnten uns nicht absprechen. Und dann standen wir auch schon vor ihm.

Der geheimnisvolle Professor

»Wie schön, dass ihr endlich zur Vernunft gekommen seid«, freute sich der Professor.

»Guten Morgen, Professor Kolossos«, sagte Sandro und schüttelte ihm voller Begeisterung die Hand.

Ich überlegte verzweifelt, ob das schon zu einem Plan gehörte. Sandro war viel größer als der Professor. Vielleicht wollte er ihn in einen Polizeigriff oder in den Schwitzkasten nehmen? Aber da ließ Sandro Professor Kolossos' Hand schon wieder los. Der Professor deutete auf einen reich gedeckten Tisch. Jetzt hatten wir ein Problem. Wir hatten unendlichen Hunger, aber wie konnten wir sicher sein, dass auch im Essen kein »Kinderglück« war? Wir konnten die Speisen aber auch nicht ablehnen. Der Professor dachte ja, dass der Tee seine Wirkung getan hatte, und er wusste, dass wir mordsmäßigen Hunger hatten.

Da sagte die Prinzessin: »Das sieht ja toll aus. Es wird uns Kinder nicht glücklich, sondern superfroh machen. Kommt, lasst uns essen.«

Sandro stürzte an den Tisch und begann sich das Essen in den Mund zu schaufeln. Ich musste erst noch einige Sekunden darüber nachdenken. Doch dann verstand ich auch: »nicht glücklich« bedeutete »kein ›Kinderglück‹«. Erleichtert setzte ich mich an den Tisch und lud mir eine riesige Portion Nudeln mit Tomatensoße auf den Teller. Professor Kolossos schaute uns beim Essen zu und seine Augen leuchteten.

»Dürfen wir ein bisschen fernsehgucken?«, fragte die Prinzessin, nachdem wir die letzte Nudel verdrückt hatten. Sie schnurrte wie ein kleines Kätzchen. Die Prinzessin wollte uns wohl irgendetwas auf den Monitoren zeigen. Aber da passierte eigentlich gar nichts.

»Es passiert zwar gerade nichts Aufregendes«, sagte der Professor lachend. »Aber sicher, schaut nur. Vorgestern gab es mehr zu sehen, als zwei Jungen den Weg zu uns gesucht haben, nicht wahr, Tilda?«

Tilda? Ach so, die Prinzessin hieß ja eigentlich Tilda. Und die war jetzt über und über rot geworden. Sie begann die Stifte, die vor ihr auf einem Schreibtisch lagen, der Länge nach zu sortieren. Der Professor beobachtete sie dabei aufmerksam. Hoffentlich merkte er nichts. Als die Prinzessin noch von dem »Kinderglück« betäubt war, hatte sie sicher keine Stifte der Länge nach sortiert.

Plötzlich wusste ich, was sie vorhatte. Denn sie näherte sich langsam einem grünen Knopf, der aus der Schreibtischplatte ragte. Dieser Knopf löste garantiert den Schließmechanismus der Tür zum Schaltraum aus. Wenn die Prinzessin ihn drücken würde, dann wären wir alleine mit dem Professor und er könnte keine Hilfe holen. Dann würden wir den kleinen Mann ohne Probleme überwältigen können. Er war sogar kleiner als ich und ich würde ihm nicht einmal wehtun müssen.

»Professor Kolossos, wie bedient man eigentlich die einzelnen Kameras?«, fragte ich.

»Komm her, Kurt«, antwortete er und winkte mich zu seinem Stuhl vor den Schalttafeln. »Das erkläre ich dir gerne. Ich habe schon mitbekommen, dass du dich für technische Dinge interessierst.«

Ich setzte mich zu ihm auf den Stuhl. Wir beide passten locker zusammen darauf. Ich wusste nicht, was die Prinzessin vorhatte. Aber für alle Fälle war ich jetzt so nah an Professor Kolossos herangekommen, dass ich ihn mit einem gezielten Griff sofort überwältigen konnte. War ihm das nicht bewusst?

Da drückte ich aus Versehen auf einen der vielen Knöpfe, die vor uns im Tisch eingelassen waren. Plötzlich wechselte das Bild auf den 20 Bildschirmen. Man sah jetzt einen engen, dunklen Gang, durch den viele Rohre gelegt waren: riesige Rohre, von denen immer wieder Abzweigungen nach oben verliefen. Vor jeder Abzweigung führte ein dünner Schlauch aus einem Kanister in eine kleine Öffnung der Rohre. Auf den Kanistern klebten Schilder. Auf einem der vordersten konnte man lesen:

ELTERNGLÜCK

Ich hatte einen schrecklichen Verdacht. Das waren doch die Trinkwasserrohre der Stadt!

»Oh, das ist aber nichts für euch«, sagte der Professor schnell.

Er drückte auf einen Knopf und die Bilder mit den Wasserrohren verschwanden wieder.

»Warum nicht?«, fragte Sandro, der hinter unseren Stuhl getreten war.

Als sich der Professor nach ihm umdrehte, ließ Sandro eine volle Teekanne auf seinen Kopf fallen. Der Tee ergoss sich wie ein bräunlicher Wasserfall über den kleinen Mann, der einen schrillen Pfiff ausstieß und dann ohnmächtig gegen mich fiel. Währenddessen hatte die Prinzessin auf den grünen Knopf im Schreibtisch gedrückt und damit die Tür verschlossen.

»Hoffentlich war das nicht zu fest. Mit der Teekanne, also echt. Das hätte ich doch viel eleganter und schmerzfreier lösen können«, sagte ich, während wir den Professor auf ein Sofa legten und seine Arme und Beine mit Klebeband zusammenklebten.

»Schau, er kommt schon wieder zu sich«, erwiderte Sandro.

Der Professor schlug die Augen auf, die nun gar nicht mehr freundlich strahlten. Sie waren kalt wie Eis. Ich hatte erwartet, dass er ganz furchtbar wütend werden würde und dass er sich gegen die Fesseln wehren und schreien und schimpfen würde. Doch der Professor tat nichts von alldem. Er lag einfach still auf dem Sofa. Ich dachte schon, wir hätten gewonnen. Ich weiß nicht, ob ihr das verstehen könnt, aber für einen klitzekleinen Moment machte mich das richtig traurig. Er hatte sich doch so viel Mühe gegeben, um seinen unglaublichen Plan vorzubereiten. Und jetzt war einfach alles vorbei. Ihr könnt euch gar nicht vorstellen, wie sehr ich mich getäuscht hatte. Vorbei war es nämlich noch lange nicht.

»Ihr habt überhaupt keine Chance«, sagte der Professor und seine Stimme klang wie ein Eisbrecher.

»Schaut euch das an!«, rief Sandro und deutete auf die Bildschirme.

In allen Gängen und Räumen des Bunkers zeigte sich das gleiche Bild: Unzählbar viele Ratten mit lustigen Kappen rotteten sich zusammen. Sie pfiffen und fauchten und guckten grimmig. Dann öffneten sich Luken im Boden und Molche und Lurche in Gummijacken gesellten sich zu den Ratten.

»Sie wissen Bescheid«, flüsterte ich. »Nun kommen sie und wollen den Professor befreien. Vielleicht werden sie uns töten.«

»Stimmt das, Herr Professor?«, fragte die Prinzessin.

»Sie können die Tür von außen nicht öffnen«, sagte der Professor. »Aber sie werden warten. So lange, bis ihr herauskommen müsst.« Er lächelte, aber es war kein frohes Lächeln. »Damit ihr Bescheid wisst: Es gibt hier keinen anderen Ausgang, auch keinen geheimen. Ich habe in diesem Raum keine Essensvorräte, und nachdem Sandro mir eine Kanne Tee über den Kopf gezogen hat, gibt es auch nur noch eine volle Kanne. Und wenn ihr von dem Tee trinkt, werdet ihr früher oder später den Ratten die Tür öffnen. Also habt ihr eigentlich gar nichts zu trinken.«

Wir saßen wieder in der Falle. Das ließ sich nicht leugnen. Wir waren so weit gekommen. Und jetzt war alles aus. Ich hätte heulen können. Aber mir kamen keine Tränen. Es war wohl auch nicht der beste Moment, um zu weinen. Vor Professor Kolossos wäre mir das auch zu peinlich gewesen.

»Ich frage mich nur«, murmelte der Professor, »warum der letzte Tee bei euch nur so kurz gewirkt hat. Außerdem habt ihr gerade etwas gegessen. Ihr dürftet euch eigentlich gar nicht so verhalten, wie ihr es tut.« Der Professor drehte sich ächzend auf die Seite und schaute uns verwundert an.

»Im Essen und im Tee war kein ›Kinderglück‹«, erzählte ich. »Wir haben das erste Fläschchen in der Küche ausgekippt und mit Wasser gefüllt.«

»Das erklärt einiges«, murmelte der Professor und sah erleichtert und verärgert zugleich aus.

Ich tauschte einen Blick mit Sandro und der Prinzessin. Was sollten wir tun? Die Zeit drängte. Auf den Bildschirmen sah ich, dass die Ratten und Lurche immer wütender wurden und begannen, sich gegen die Tür zu werfen.

»Wo sind eigentlich unsere Eltern?«, fragte Sandro.

»Das kann ich euch eigentlich jetzt sagen«, antwortete der Professor. »Als kleine Entschädigung für eure nutzlosen Mühen. Drück auf den Knopf oben ganz links, Kurt!«

Ich musste mich auf die Zehenspitzen stellen, um an den Knopf zu kommen. Er ließ sich etwas schwer hinunterdrücken und für einen Moment wurde das Bild auf allen Monitoren gestört. Da glaubte ich für den Bruchteil einer Sekunde im schwarz-weißen Nebel das riesige Lurchmonster zu sehen. Es schien mich von allen Bildschirmen herab anzugrinsen. Oder spielte mir meine Fantasie abermals einen Streich?

Die verschwundenen Eltern

»Habt ihr das gesehen?«, fragte ich.

Aber Sandro und die Prinzessin hörten mich gar nicht, sondern starrten mit offenen Mündern auf die Monitore, nachdem ich den Knopf ganz nach unten gedrückt hatte. Sie schienen das Monster nicht gesehen zu haben. Aber die Bilder, die nun erschienen, waren nicht weniger gruselig. Zuerst war da nur ein riesiger Vergnügungspark. Dass es kein normaler Vergnügungspark war, sahen wir erst auf den zweiten Blick. Es gab nämlich keine Karussells, dafür aber viele Restaurants, Bars und Cafés, Kinos und Showbühnen, Schwimmbecken und Fitnessstudios, Modeboutiquen, Sportwettbüros, Elektronikläden, Gartencenter und Baumärkte. Und überall Erwachsene. Sie bummelten herum und unterhielten sich. Sie saßen in

Cafés in der Sonne oder aßen in den Restaurants. Sie guckten sich Shows an, lagen am Pool oder machten bei Schönheits- und Luftgitarrenwettbewerben mit. Sie alle hatten ein Lächeln im Gesicht. Aber ihre Augen lächelten nicht mit.

»Dort sind unsere Eltern die ganze Zeit?«, fragte die Prinzessin und ihre Stimme zitterte. »Warum gehen sie nicht wieder nach Hause?«

»Die Kanister mit der Aufschrift ›Elternglück‹!«, rief ich. »Sie hängen hier überall an den Trinkwasserleitungen. Es hat damit zu tun, nicht wahr?«

Der Professor nickte. »Es hat mich Jahre gekostet, um die richtige Mixtur herzustellen. Und dann noch einmal Jahre, um sie so zu verfeinern, dass sie bei den richtigen Eltern wirkt.«

»Bei den richtigen Eltern?«, fragte die Prinzessin und wir alle dachten an unsere Eltern. Und ich natürlich auch an Oma. Wieso waren sie die richtigen Eltern? Und was waren falsche Eltern?

»Na sicher. Um Babys, Kleinkinder und pubertierende Jugendliche sollte ich mich nicht kümmern. Darum durften nur diejenigen Eltern verschwinden, deren Kinder zwischen sechs und zwölf Jahren alt waren.«

Auf den Bildschirmen sah man jetzt Frauen im Schönheitssalon. Sie ließen sich von Robotern massieren und frisieren, während andere ihnen Vitamin-Cocktails reichten. Die Frauen schienen nicht zu spüren, dass es metallene Finger waren, die sie anfassten. Und sie bemerkten auch nicht die Blechkörper hinter den Kellnerschürzen und die unbeweglichen, immer lächelnden Gesichter unter den Serviermützen.

»Aber warum machen Sie das alles?«, platzte ich heraus. Ich wollte endlich wissen, was das Ganze zu bedeuten hatte.

Der Professor guckte mich stumm an. Ich glaubte, ein unruhiges Leuchten in seinen Augen zu sehen. Doch dann erlosch es wieder und der Blick des Professors wurde seltsam leer. Er sah aus, als wüsste er plötzlich gar nichts mehr – nicht einmal, wo er war und warum. Wir warteten gespannt, aber der Professor sagte nichts mehr.

»Erzählen Sie doch weiter, Herr Professor«, drängte Sandro mit dieser sanften, verständnisvollen Stimme, die er hat, wenn er kluge Sätze sagt oder jemanden tröstet. Und es wirkte: Professor Kolossos begann wie auf Knopfdruck wieder zu sprechen. Als hätten wir ihn nie unterbrochen.

»Das ›Elternglück‹ dockt an Rezeptoren im Gehirn an. Es wirkt aber nur, wenn dieses auf eine bestimmte Art vorbereitet ist. Die Eltern müssen bereit sein, ihre Kinder im Stich zu lassen. Das Mittel verstärkt dann diese Bereitschaft noch einmal um ein Vielfaches. Außerdem lässt es bei den erschöpften Eltern, die viele Jahre lang Opfer für ihren Nachwuchs gebracht haben, den Wunsch nach Vergnügen unermesslich werden.«

»Meine Eltern hätten mich niemals im Stich gelassen, wenn Sie ihnen nicht diese Droge ins Trinkwasser gegeben hätten! Verwarzter Krumpelmolch!«, schrie die Prinzessin.

»Solange ein Kind sehr klein und hilflos ist, sorgt die Natur dafür, dass Eltern und vor allem die Mütter ihre Kinder nicht hilflos zurücklassen«, fuhr der Professor unbeirrt fort. »In dem Fall wirkt das ›Elternglück‹ nicht. Aber je älter und selbstständiger ein Kind wird, desto größer wird auch die innere Bereitschaft der Eltern loszulassen. Ich habe sie noch zusätzlich gefördert, indem ich Bücher über die richtige Erziehung veröffentlichte. Darin ließ ich verlauten, wie wichtig es ist, Kinder zur Selbstständigkeit zu erziehen …«

»Sie sind der geheimnisvolle Professor!«, rief ich.

»Nennt man mich so?« Professor Kolossos lächelte traurig in seinen Bart. Jedoch nur einen winzigen Augenblick, dann redete der kleine Mann weiter, als hätte ihn jemand wie ein Uhrwerk aufgezogen.

»Das ›Elternglück‹ wirkte unglaublich gut. Nach all den Jahren, in denen sich die Eltern rund um die Uhr um ihre Kinder gekümmert hatten, ergriff sie plötzlich eine tiefe Sehnsucht nach Freiheit und Spaß. Sie wollten sich vergnügen und ihre eigenen Wünsche erfüllen.«

»Und alles, was Erwachsene sich wünschen, ist ein Vergnügungspark?«, fragte Sandro. »Sie wollen nichts anderes als shoppen, sich frisieren lassen, Luftgitarre spielen und Kaffee trinken?«

»Erschütternd, nicht wahr?«, sagte Professor Kolossos und sah uns an, als täten wir ihm unendlich leid. Ich glaubte ihm das sogar.

»Oma wollte nur noch häkeln und bügeln und fernsehen«, flüsterte ich. »Und Vater kam gar nicht mehr aus seinem Arbeitszimmer heraus.«

»Und bei den Erwachsenen ohne Kinder oder mit älteren Kindern wirkte die Droge nicht, weil sie sich ja normalerweise ihre Wünsche erfüllen können und auch die Freiheit haben, Dinge zu tun, die ihnen Spaß machen«, sagte Sandro.

»Richtig«, erwiderte der Professor voller Stolz. »Allerdings ließ sie das ›Elternglück‹ gleichgültig sein gegenüber den Dingen, die um sie herum passierten. Sonst hätten sie vielleicht mein Experiment gestört.«

Plötzlich wurde die Prinzessin unruhig. Sie lief durch den Schaltraum und begann, alles der Größe nach zu ordnen. Und es gab viel zu ordnen, denn überall standen irgendwelche Miniaturen aus Plastik oder Stein herum. Eine riesige Sammlung von Gebäuden, Tieren, kleinen Vasen, Bäumen und Bergen, Autos und Figuren aller Art. Ob der kleine Professor mit seiner kleinen Spielzeugwelt auch richtig spielte? Beinahe hätte ich bei der Vorstellung grinsen müssen. Die Prinzessin sortierte und sortierte, während sie herumlief und leise vor sich hin fluchte. Wenn ich nicht aufgepasst hätte, hätte sie mich und den Professor womöglich auch mit sortiert.

»Warum machen Sie das alles?«, fragte ich noch einmal. Denn diese Frage hatte der Professor noch immer nicht beantwortet.

Erst sagte er nichts. Und wieder wurden seine Augen seltsam leer.

»Weil ich es konnte und es so einfach war«, sagte er dann.

»Sie haben das alles gemacht, weil es so einfach war?«, rief ich und dachte, ich hätte mich verhört. »Das ist doch kein Grund! Man macht doch nicht so was Verrücktes, nur weil man es kann und weil es einfach ist!«

»Kannst du dir denn nicht denken, was der wahre Grund ist?«, fragte er und sah auf einmal wieder wach aus.

Ich schaute ihn verblüfft an. Wieso sollte gerade ich es mir denken können?

»Wie groß bist du, Kurt?«, fragte der Professor, als ich weiter schwieg.

Was sollte denn jetzt diese Frage? Was hatte das mit dem Ganzen zu tun?

»Einen Meter neunundzwanzig«, antwortete ich trotzig.

»Ich vermute mal, du bist der Kleinste in deiner Klasse, nicht wahr?«

Natürlich bin ich der Kleinste in meiner Klasse. Welcher zehnjährige Junge ist denn sonst nur einen Meter neunundzwanzig groß?

»Sie sind auch nicht viel größer als ich«, antwortete ich.

»Sie möchten aber gerne groß sein, nicht wahr?«, fragte Sandro.

Die Prinzessin sortierte nun nicht mehr nach Größe, sondern nach Farben.

»Könntest du endlich mit der Sortiererei aufhören, Tilda. Das macht mich ganz nervös«, schimpfte der Professor. Er hatte offensichtlich keine guten Nerven, denn mir machte es überhaupt gar nichts aus, dass die Prinzessin aufräumte.

»Wer will nicht endlich groß sein, wenn er immer übersehen oder belächelt wird. Als ich noch ein Junge war, ließen mich die anderen Kinder nicht mitspielen und später nahmen mich die Erwachsenen nicht ernst«, sagte er schließlich.

»Und darum sind Sie Professor geworden, nannten sich Kolossos und wollten es allen zeigen«, stellte Sandro fest.

»Das ist total kindisch!«, rief ich. »Echt peinlich!« Ich war so wütend. Der Professor hatte das Leben von hunderten Familien durcheinandergebracht, weil er ein bisschen Aufmerksamkeit wollte. Das konnte doch nicht wahr sein! Und ich sollte das verstehen können, nur weil auch ich klein war. Aber der Professor beachtete mich nicht und erzählte einfach weiter.

»Meine Eltern hatten schon nach wenigen Monaten vergessen, dass es mich gab. Sie waren sehr reiche Leute und beschäftigten sich mit Dingen, mit denen sich reiche Leute eben beschäftigen. Mit Golfspielen, Reisen, Kunstausstellungen, Galadiners. Aber nicht mit mir. Ich war sehr klein und unscheinbar. Das passte nicht in ihr glamouröses Leben. Am

Anfang war das nicht so schlimm, weil sich ein Butler und meine Großmutter um mich kümmerten …«

»Meine Oma kümmert sich bei uns zuhause auch um alles«, unterbrach ich ihn, »weil mein Papa den ganzen Tag am Computer arbeiten muss und meine Mama überall auf der Welt nach untergegangenen Kulturen sucht. Deshalb werde ich aber doch nicht verrückt!«

Er schaute mich verwirrt an und schien nicht mehr zu wissen, was er eben noch sagen wollte.

»Kurt, wenn wir alles erfahren wollen, dann sollten wir dem Professor auch zuhören, meinst du nicht?«, sagte Sandro mit seiner beruhigenden Stimme. »Erzählen Sie bitte weiter, Professor Kolossos.«

»Doch meine Großmutter starb eines Tages und der alte Butler hatte genug zu tun, die Wünsche meiner Mutter zu erfüllen. Ich war auf mich alleine gestellt«, fuhr der Professor eintönig fort. »Es gab im Esszimmer nicht einmal einen Stuhl, der hoch genug war, dass ich an den Tisch heranreichte. So musste ich immer unter dem Tisch essen.«

»Sie hätten doch auch in der Küche essen können«, unterbrach ich ihn erneut.

Sandro schaute mich warnend an und ich biss mir auf die Lippen. Der Professor verlor seinen Blick wieder und starrte schweigend an die Decke.

»In der Schule erging es mir nicht anders«, erzählte er nach einer ganzen Weile weiter. »Jeden Tag bekam ich einen Strich für unentschuldigtes Fehlen ins Klassenbuch eingetragen, weil der Lehrer mich nicht sah. In den Geschäften wurde ich nicht bedient und der Busfahrer schloss die Tür vor meiner Nase, weil er dachte, es seien schon alle eingestiegen.«

»Warum holte Sie denn niemand mit dem Auto ab? Wenn Ihre Eltern reich waren, hatten sie doch sicher auch einen Chauffeur?«, fragte nun auch Sandro.

»Weil sie ihn vergessen hatten«, murmelte die Prinzessin.

Professor Kolossos schien auch sie nicht zu hören. Er war in seiner Welt aus traurigen Erinnerungen versunken. »Einmal stellte im Bus sogar eine dicke Frau ihre Taschen auf mich, weil sie dachte, der Stuhl neben ihr sei frei. Irgendwann zogen meine Eltern nach Cabo San Lucas und vergaßen, mich mitzunehmen. Da beschloss ich, mein Leben selbst in die Hand zu nehmen, ein berühmter und wichtiger Mann zu werden und der Welt die Schmach zurückzuzahlen, die ich erleiden musste.«

»Wo ist denn Cabo San Lucas?«, fragte die Prinzessin.

»Auf der Halbinsel Niederkalifornien, in Mexiko«, flüsterte ich, während der Professor einfach weitersprach. Er lag da auf dem Sofa, klein und kümmerlich, mit gefesselten Händen, starrte vor sich hin und erzählte und erzählte, mit dieser seltsam hohen immer gleich klingenden Stimme. Hatte er auch irgendwelche Drogen genommen? Ich fing einen Blick von Sandro auf. Er schien sich gerade etwas Ähnliches zu überlegen.

»Um meinen Plan in die Tat umzusetzen, habe ich sehr viel studiert und tausende von Büchern gelesen. Es steht ja alles geschrieben. Man muss nur eins und eins zusammenzählen. Dann sind die Dinge ganz einfach. Als meine Eltern starben, erbte ich ihr ganzes Vermögen. Erstaunlicherweise hatten sie kein Testament gemacht, und da ich der einzig lebende Verwandte war, bekam ich die ganzen Millionen. Am Anfang wusste ich noch nicht so genau, was ich mit dem Geld anstellen sollte. Meine Zeit war noch nicht gekommen. Ich erzählte niemandem, dass ich reich war, und begann in einem Biotechnischen Institut in Amerika zu arbeiten. Dort experimentierten wir mit dem Erbgut von Tieren. Zum Beispiel konnten wir ein Gen von Rindern so verändern, dass diese bis zu 35 Prozent mehr Fleisch produzierten. Es waren richtige Kolosse.«

»Aha, daher der alberne Name«, murmelte Sandro.

»Das bedeutet, dass aus einer Kuh etwa hundert Hamburger mehr gemacht werden können«, rechnete ich vor.

»Igitt«, sagte die Prinzessin.

»Und was passierte dann?«, fragte Sandro, obwohl das gar nicht nötig war. Denn der Professor erzählte sowieso weiter.

»Ich entwickelte neue Verfahren. Wir hatten viele verschiedene Labors. Nicht nur die für die Rinder. Das waren zwar die, die am schönsten und besten ausgestattet waren, denn große Fastfood-Ketten waren an unseren Forschungen interessiert. Wir hatten aber auch noch andere Forschungsprojekte. Sie waren streng geheim und befassten sich mit Lurchen aller Art. Während ich mich immer tiefer in die Materie hineinarbeitete, wie man Lurchartige genetisch verändert, kamen mir viele Ideen, wie man Amphibien weiterentwickeln könnte. So züchtete ich beispielsweise welche, die mir dienten, das Haus sauber hielten und etwas kochten. Leider waren sie nicht besonders intelligent, darum experimentierte ich auch mit Ratten. Mir gelang es, sie so zu dressieren, dass sie ohne genetische Veränderung machten, was ich von ihnen wollte. Da hatte ich aber auch schon die Rattenmänner entwickelt. Sie leisteten mir gute Dienste. Außerdem konnte ich mich mit ihnen auch ein bisschen unterhalten. Na ja, heute arbeiten sie für mich, ansonsten haben wir nicht so viel Kontakt. Ich weiß nicht einmal, wo sie ihre Behausungen haben. Zum Glück können sie sich nicht fortpflanzen. Ich habe keine Weibchen gezüchtet. Schließlich entdeckte ich die Formeln für das ›Elternglück‹ und für das ›Kinderglück‹. Dann ging ich zurück nach Deutschland und suchte einen Ort, an dem ich ungestört sein würde. Ich stolperte über die Pläne des alten Bunkersystems in den Katakomben unter dieser Stadt. Beides unbenutzt und längst vergessen. Ich kaufte der Stadt die alten Katakomben ab. Und die verlassene Fabrik darüber auch.«

»Also liegt der Bunker unter der alten Fabrik in der Nähe vom Williplatz?«, fragte ich.

Der Professor nickte. »Gemeinsam mit den Rattenmännern baute ich hier unten alles auf und bereitete draußen alles vor.«

Der Professor hielt einen Moment inne. »Tilda, würdest du mir bitte eine Tasse Tee anbieten?«, wandte er sich plötzlich an die Prinzessin. Sie wollte erst protestieren, aber Sandro nickte ihr zu und sie hielt dem Professor eine Tasse mit Tee an die Lippen. Er trank gierig.

»Das ›Kinderglück‹ wirkt nicht bei Erwachsenen«, stellte ich fest.

»Jedenfalls nicht so wie bei euch Kindern.«

›Wahrscheinlich bekommt ein Erwachsener davon Lust, monoton vor sich hin zu reden‹, dachte ich.

Der Professor nahm noch ein paar Schlucke. Dann fuhr er in seiner Erzählung fort.

»Ich stellte Autoren ein und ließ sie meine Erziehungsratgeber schreiben. Die Bücher wurden riesige Verkaufsschlager …«

»Meine Mutter hat sie alle gelesen«, murmelte Sandro.

»Meine Oma sicher nicht«, sagte ich. »Aber im Fernseher liefen tausend Sendungen darüber.«

»Und dann dauerte es auch nicht mehr lange, bis die Gehirne der Eltern auf das ›Elternglück‹ reagierten«, fuhr der Professor fort. »Gleichzeitig ließ ich vor den Toren der Stadt den Vergnügungspark bauen.« Jetzt schwieg Professor Kolossos erschöpft. Es strengte ihn sichtlich an zu reden, während er zusammengeschnürt auf dem Sofa lag.

»Und nun?«, fragte die Prinzessin. »Wollen Sie einfach alle Kinder kidnappen und mit denen hier unten leben? Das ist ein ziemlich mieses Leben, wenn man es nur mit Drogen ertragen kann. Und sollen sich die Eltern bis an ihr Lebensende im Vergnügungspark amüsieren? Was haben Ihnen denn die Menschen getan?«

»Ich möchte den Kindern hier unten etwas beibringen«, antwortete der Professor. Seine Stimme klang ganz klein, aber nicht mehr so tonlos. »Wie man einander respektiert und dass manche Menschen eben anders sind oder anders aussehen und dass sie trotzdem wertvoll sind. Solche Dinge eben.«

»Ich habe das Gefühl, Sie wissen gar nicht, warum Sie das alles machen«, sagte Sandro. »Ich meine, da betreiben Sie so viel Forschung, kaufen die Katakomben, schreiben Bücher und züchten die seltsamsten Wesen. Und das alles ohne ein bestimmtes Ziel? Da stimmt doch was nicht!«

»Ich glaube, wir sollten uns mal ganz schnell um die da draußen kümmern!«, rief plötzlich die Prinzessin und wir alle schauten zur Tür. Die hatte inzwischen eine dicke Beule, welche die wütenden Wesen auf der anderen Seite hineingedrückt hatten. Sie würde bestimmt nicht mehr lange standhalten. Es fiel mir sowieso schwer, die ganze Zeit das wütende Krachen, Drücken, Platschen, Fiepen und Unken auf der anderen Seite zu überhören. Ich wollte mir gar nicht vorstellen, was passieren würde, wenn die Tür aufsprang und sich ein Strom aus wütenden Ratten und riesigen Lurchen in den Raum ergoss.

»Wenn ihr mich losbindet, kann ich sie beruhigen«, sagte der Professor.

Wir schauten uns an. Sollten wir ihn losbinden?

»Es bleibt euch sowieso nichts anderes übrig«, fügte der Professor hinzu.

Wie zur Bestätigung krachte es von der Tür her und sie beulte sich noch bedrohlicher nach innen. Es blieb keine Zeit, lange zu überlegen. Also schnitt die Prinzessin schnell die Klebebänder an den Händen und Füßen des Professors durch. Nachdem wir ihn befreit hatten, lief er zum Mikrofon am Schalttisch und stieß einen schrillen Pfiff aus. Auf den Bildschirmen konnten wir verfolgen, wie die wütenden Ratten und Lurche innehielten und sich erstaunt umsahen. Von einer Sekunde auf die andere beruhigten sie sich. Dann verschwanden sie aus dem Gang und machten die Tür frei.

»Ihr habt gesehen, wie einfach es für mich ist, Hilfe zu holen«, sagte der Professor, plötzlich in einem schärferen Ton. »Darum tut ihr jetzt besser, was ich sage. Ich möchte, dass ihr in eure Zelle zurückgeht.«

Zehn Minuten später saßen wir wieder in unserer Gefangenenzelle – diesmal zu dritt. Jetzt war nur noch ein Bett frei.

»Irgendetwas ist faul an dieser ganzen Geschichte«, murmelte Sandro.

Die sirrenden Kameras beachteten wir nicht mehr. Sollte Professor Kolossos doch mithören, was wir sagten. Jetzt war sowieso alles egal. Denn irgendwann würden wir von dem Essen und Trinken nehmen müssen, das uns die Ratten mit den lustigen Kappen auf einem Tablett gebracht hatten. Und dieses Mal war ganz sicher das richtige Mittel drin.

»Oberfaul«, bestätigte ich.

Aber sosehr wir uns den Kopf zerbrachen, wir kamen einfach nicht darauf, was es war.

»Es macht alles keinen richtigen Sinn«, sagte die Prinzessin. »Okay, der Professor hatte kein einfaches Leben. Aber deswegen denkt man sich doch nicht so einen Wahnsinn aus. Das ist doch total irre.«

»Warum hat er uns nicht gesagt, was er eigentlich vorhat?«, überlegte Sandro. »Mir kam er so vor, als wüsste er gar nicht, was er mit den vielen Kindern hier unten anfangen soll.«

»Das stimmt. Und seine Augen waren entweder leer oder sie leuchteten. Wie ein Licht, das ständig an- und ausgeschaltet wird«, bestätigte ich Sandros Überlegungen.

»Ich bin mir sicher, dass wir irgendetwas übersehen haben«, sagte Sandro. »Aber was?«

»Vielleicht ist er auch nur ein Roboter«, sagte die Prinzessin flüsternd.

»Du meinst, so einer wie im Vergnügungspark?«, wisperte ich zurück und die Prinzessin nickte.

»Nein, das glaube ich nicht«, sagte Sandro. »Ich bin mir sicher, dass der Professor ein Mensch ist. Aber irgendwas stimmt nicht mit ihm. Vielleicht steht er ja auch unter Drogen, zumindest trinkt er eine Menge Tee mit ›Kinderglück‹ …« Sandro sprang plötzlich auf. »Jetzt weiß ich, was wir übersehen haben! Oder vielmehr überhört. Er hat gesagt, dass er sich nicht um Babys, Kleinkinder und pubertierende Jugendliche kümmern *sollte*. Versteht ihr? Es war nicht seine eigene Idee. Er wurde damit beauftragt.«

»Der Professor ist also nicht der Verantwortliche …«, begann die Prinzessin.

»… sondern irgendjemand anderes, den wir noch nicht kennengelernt haben«, beendete ich den Satz.

Und da wurde uns plötzlich sehr kalt.

In der Falle

Wir schafften es, bis zum Abend nichts zu essen und zu trinken. Natürlich hatten wir wieder furchtbaren Durst und auch Hunger, aber wir wollten, solange es ging, bei klarem Verstand bleiben. Wir redeten miteinander, damit die Zeit schneller verging. Zuerst erzählte die Prinzessin, was sie erlebt hatte. Als sie vor vier Tagen zum Supermarkt gegangen war, hatte sie eine Gruppe Ratten mit lustigen Kappen dabei beobachtet, wie sie aus dem Erdloch in der Baustellengrube gehuscht waren. Sie wollte sich das genauer anschauen. Weil sie hoffte, einen besseren Zugang in die Kanalisation zu finden, war sie ein Stück in den Erdtunnel hineingekrochen.

»Plötzlich bekam ich einen Schlag auf den Kopf«, erzählte sie. »Als ich wieder zu mir kam, lag ich in einem weißen Zimmer mit mehreren Doppelstockbetten. Ich trug weiße Kleidung und fühlte mich unheimlich wohl. Neben mir dampfte eine Tasse Tee, der einfach köstlich schmeckte. Professor Kolossos kam in mein Zimmer und wir unterhielten uns. Ich mochte ihn sofort. Natürlich nur, weil ich ›Kinderglück‹ getrunken hatte, aber das wusste ich ja nicht. Damit mir nicht langweilig wurde, kümmerte ich mich um die Wäsche und kochte dem Professor und mir den Tee. Dann war da noch eine liebe alte Dame in einem schwarzen Kleid …«

»Die Lurchfrau!«, entfuhr es mir.

Die Prinzessin runzelte verwundert ihre Stirn. »Welche Lurchfrau?«, fragte sie.

»Erzähl erst einmal zu Ende«, sagte Sandro.

»Die nette alte Dame erklärte mir, wie alles funktionierte. Auch dass in jede Teekanne fünf Tropfen ›Kinderglück‹ gehörten. Ich fand das irgendwie schön. Es ist so ein tolles Wort: ›Kinderglück‹.«

Danach erzählten wir der Prinzessin, wie es uns ergangen war. Sie nickte immer wieder mit dem Kopf. »Ja, das haben der Professor und ich alles auf den Bildschirmen beobachtet. Aber ich hatte mir gar nichts dabei gedacht.«

»Dafür konntest du doch nichts«, beruhigte Sandro sie.

Darüber war es irgendwann Abend geworden, was wir aber nur daran merkten, dass das Licht ausging. Es war nicht einfach, mit hungrigem Bauch einzuschlafen. Doch irgendwie gelang es uns.

Mitten in der Nacht wachte ich auf. Ich hatte ein Geräusch gehört. Als ich die Augen aufschlug, sah ich natürlich nichts. Es herrschte rabenschwarze Finsternis in unserem Gefängnis und auf dem Gang. Doch das Gefühl, dass da irgendetwas war, ließ mich nicht los.

Dann sah ich ihn: Eine Gestalt stand von außen gegen das Gitter gelehnt. Eine sehr große Gestalt mit einer leuchtenden Haut und einem ungewöhnlich breiten Kopf. Ich lag wie erstarrt und traute mich nicht zu atmen. Träumte ich schon wieder? Oder gab es ihn doch? Ich hatte inzwischen zwei Fotos von ihm gesehen. Einmal war er mir im Traum erschienen. Ein anderes Mal auf den 20 Monitoren im Schaltraum. Jetzt stand er gegen unser Gefängnisgitter gelehnt und beobachtete uns. Ich versuchte, mir ganz leise die Decke über den Kopf zu ziehen.

Auf einmal wurde ich heftig an der Schulter gepackt. Panisch riss ich mir die Decke wieder vom Kopf. Sandro stand vor mir und sah sehr aufgeregt aus. Das Neonlicht blendete mich. Das hieß, es war schon wieder Tag! Ich musste den anderen unbedingt von der unheimlichen Gestalt erzählen.

»Sandro, stell dir vor, was ich heute Nacht …«

»Guck lieber mal, wer da im vierten Bett liegt«, unterbrach mich Sandro.

Neugierig guckte ich zum vierten Bett, das am Abend zuvor noch leer gewesen war. Viel gab es nicht zu sehen. Aber ich konnte weißes Haar und einen strubbeligen Bart erkennen.

»Das ist Professor Kolossos«, sagte ich staunend. »Was macht der denn hier?«

»Er schläft«, sagte die Prinzessin, die sich vom Bett über mir herabbeugte. »Tief und fest.«

»Na, ich bin mal gespannt, was er uns zu erzählen hat, wenn er aufwacht«, sagte Sandro.

Und das tat der Professor ziemlich bald.

»Wie seid ihr hier hereingekommen?«, rief er aufgebracht.

»Professor, Sie sind zu uns hereingekommen und nicht wir zu Ihnen«, sagte die Prinzessin und Professor Kolossos begann zu begreifen. Er sprang aus dem Bett und rannte an die Gitterstäbe. Wie ein Verrückter rüttelte er daran. Natürlich bewegte sich nichts. Professor Kolossos drehte sich wieder zu uns um.

»Was ist hier los?«, schrie er uns an.

»Das wollen wir eigentlich gerne von Ihnen wissen«, sagte Sandro.

»Also, das ist ja wirklich unglaublich. Ich muss schlafgewandelt sein«, murmelte der Professor erschüttert.

Dann stieß er einen gellenden Pfiff aus. Wahrscheinlich erwartete er, dass die Ratten und Lurche sofort erschienen. Doch keines der Tiere ließ sich blicken. Der Professor pfiff noch einmal, aber auf dem Gang blieb es mucksmäuschenstill.

»Das gibt es doch nicht«, flüsterte Professor Kolossos in seinen Bart.

Er blieb eine ganze Zeit lang an den Gitterstäben stehen und pfiff immer mal wieder in den Gang hinaus. Aber nichts geschah. Irgendwann gab Professor Kolossos auf und setzte sich zu uns auf das Bett. Er schaute unglücklich zwischen uns hin und her. Wir hatten ihn gespannt beobachtet und dabei beinahe unseren Hunger und Durst vergessen. Aber jetzt griff die Prinzessin gierig nach einer Tasse Tee.

»Stopp!«, rief Sandro.

Die Prinzessin seufzte tief und zog ihre Hand wieder zurück.

»Herr Professor«, fragte ich, »was ist hier los?«

Professor Kolossos ließ den Kopf hängen. »Ich kann mir das alles nicht erklären. Ich war gestern Abend sehr erschöpft und bin frühzeitig zu Bett gegangen. Aufgewacht bin ich dann hier bei euch.«

»Wie lange haben Sie uns gestern beobachtet und unser Gespräch belauscht?«, fragte ich.

»Gar nicht«, antwortete er leise. »Ehrlich gesagt, hatte ich genug von euch, nachdem ihr mich überlistet und gefangen genommen hattet. Außerdem hatte ich Kopfschmerzen, weil mir jemand eine Kanne Tee auf den Kopf gehauen hatte.« Der Professor warf Sandro einen wütenden Blick zu.

Wir schauten uns an. Ganz deutlich hatten wir am Abend in unserer Zelle die Kamera sirren gehört. Irgendjemand hatte sie bedient und uns beobachtet und belauscht. Aber wer?

»Kann es sein, dass die Ratten und die Lurche das Kommando übernommen haben?«, fragte Sandro den Professor.

»Nein, dafür sind sie nicht intelligent genug.«

»Es könnte doch bei Ihren Experimenten etwas Unvorhergesehenes passiert sein«, sagte die Prinzessin. »Vielleicht sind nicht nur die Leiber der Lurche gewachsen, sondern auch ihre Gehirne? Vielleicht sind sie jetzt furchtbar klug. Immerhin hielten sie im Aquarium eine Versammlung ab.«

»Oder die Rattenmänner und die Lurchfrau. Was ist mit denen?«, fragte ich.

»Nein, nein … das kann alles nicht sein«, sagte der Professor unwillig.

»Wieso sind Sie da so sicher? Professor Kolossos, haben Sie uns gestern wirklich alles erzählt?«, fragte Sandro und guckte dem Professor tief in die Augen. »Wir glauben, dass Sie uns etwas verschweigen.«

Doch der Professor schüttelte wieder den Kopf. »Ich habe nichts verschwiegen«, behauptete er.

»Sie lügen«, sagte ich bestimmt. »Hier unten gibt es noch jemanden und Sie wissen, wer oder was das ist.«

Sandro und die Prinzessin starrten mich mit großen Augen an.

»Wie meinst du das?«, fragte die Prinzessin.

»Das kann uns Professor Kolossos viel besser erklären«, sagte ich und wir drei schauten ihn fragend an.

»Jetzt erzählen Sie schon!«, drängte die Prinzessin.

In diesem Moment ging das Licht aus und wir saßen im Dunkeln.

»Was ist denn jetzt schon wieder? Es ist doch noch gar nicht Abend«, wunderte ich mich.

»Der Generator!«, rief der Professor. »Warum hat er den Generator zerstört? Das macht doch keinen Sinn.«

»Wer … wer hat den Generator zerstört? Ist hier unten tatsächlich noch jemand?«, fragte Sandro.

Doch der Professor war aufgesprungen und antwortete nicht.

»Es gibt also keinen Strom mehr!«, rief ich.

»Richtig«, sagte der Professor. »Das bedeutet, dass die Lichter nicht mehr funktionieren. Das Überwachungssystem ist ausgefallen …«

»Und das Belüftungssystem ist auch lahmgelegt, oder?«, fragte ich und bekam sofort keine Luft mehr.

»Heißt das, wir sitzen hier gefangen und müssen elendig ersticken?«, flüsterte die Prinzessin.

»Nein«, sagte der Professor und ich hörte, dass er zu den Gitterstäben trat. »Der automatische Schließmechanismus der Türen ist nämlich auch ausgeschaltet.« Dann öffnete er das Gittertor. Es quietschte unheimlich in der Stille.

»Kommt, Kinder! Wir müssen hier weg. Und wir müssen uns beeilen«, drängte der Professor. Ich dachte nur: Wenn die Schließmechanismen der Türen nicht mehr funktionierten, dann war doch auch die Tür zum Gewölbe offen. Oder?

Wir konnten überhaupt nichts sehen. Viel zu langsam tasteten wir uns den stockdunklen Gang entlang. Irgendwann blieb der Professor stehen.

»So, hier in der Wand ist mein Notfallkasten«, sagte er und eine Taschenlampe flammte auf. »Hoffentlich halten die Batterien noch eine Weile. Ich habe sie schon lange nicht mehr benutzt. Hier entlang, Kinder«, sagte er und hastete weiter.

Wir folgten ihm. Schließlich standen wir vor einer Tür. Mein Herz schlug auf einmal schneller und Schweiß lief mir den Rücken hinunter. Ich spürte es ganz deutlich: Hinter der Tür lauerte Gefahr!

»Hoffentlich geht alles gut«, murmelte der Professor und drückte die Klinke herunter.

Die Stimme im Kopf

»Grinsendes Lurchgesicht«, entfuhr es der Prinzessin.

Vor uns verlor sich der Strahl der Taschenlampe in den Weiten eines unterirdischen Gewölbes. So etwas hatte ich noch nie zuvor gesehen. Die Wände sahen aus, als würden sie gleich einfallen, es gab riesige Erdhaufen, Durchbrüche, Höhlen und Nischen. Überall war Wasser, es tropfte und strömte und sammelte sich in kleinen und großen Pfützen. Gesteinsbrocken lagen herum. Dazwischen huschten und flitzten irgendwelche Tiere. Ich konnte sie nicht genau erkennen. Sie waren zu flink und schafften es immer wieder, vor dem hellen Strahl unserer Taschenlampe zu fliehen.

»Wir müssen uns einen Weg quer durch das Gewölbe bahnen«, erklärte der Professor. »Auf der anderen Seite gibt es einen Ausgang, der in einen Kanal mündet, und der führt uns wieder zurück an die Erdoberfläche.«

»So schlimm sieht es doch gar nicht aus. Das schaffen wir«, versuchte ich uns Mut zu machen. Wenn man ganz genau hinschaute, konnte man sogar einen Weg erkennen, den wir nehmen konnten. Aber der Professor sah alles andere als ermutigt aus.

»Sie verschweigen uns doch noch immer was«, sagte Sandro. »Wollten Sie uns nicht sowieso noch etwas erzählen?«

»Gemütlich plaudern sollten wir lieber später, wenn wir hier raus sind«, antwortete der Professor knapp.

Also liefen wir los – ich vorweg, dann die Prinzessin, dahinter Sandro und zum Schluss der Professor, der die Taschenlampe hielt. So konnten wir alle etwas sehen. Erst ging es noch gut voran. Die herumhuschenden Tiere hatten kleine Pfade festgetreten so wie die Rehe im Wald. Einem solchen Pfad folgten wir. Dabei behielten wir immer unser Ziel auf der gegenüberliegenden Seite im Auge. Ich schätzte, dass uns etwa 100 Meter von dem Durchgang trennten, der in den Kanal führte. Dann würden wir noch einen etwa fünf Meter hohen Geröllhaufen erklettern müssen, um in den Kanal zu gelangen.

Neben uns stürzte ein kleiner Bach nach unten. Der Boden war rutschig.

Wir krabbelten gerade an einem Schutthaufen entlang, als ein dunkles Grollen zu hören war und das ganze Gewölbe bedrohlich zu wackeln begann. Wir kauerten uns auf die Erde. Ein paar Brocken fielen von der Decke herab und wir schützten unsere Köpfe mit den Händen.

»Was war das?«, raunte die Prinzessin.

»Es hat sich wie ein Erdbeben angefühlt«, antwortete ich.

»Das war kein Erdbeben«, sagte Professor Kolossos und

richtete sich wieder auf. »Das war die Straßenbahn oben auf dem Williplatz.«

»Oh, Gott! Warum wissen die Leute da oben nicht, dass der ganze Platz einsturzgefährdet ist?«, fragte die Prinzessin.

»Sie wissen es«, sagte ich. »Erinnerst du dich nicht mehr an den Mann in der Wäscherei? Er hat es der Waschfrau erzählt. Es stand in der Zeitung. Aber wahrscheinlich haben die Erwachsenen vergessen, den Platz zu sperren.«

»Genauso wie sie uns vergessen haben ...«, sagte Sandro mit einem Seitenblick auf den Professor. Doch der tat, als hätte er nichts gehört.

Plötzlich hallte ein ohrenbetäubendes Pfeifen, Quietschen und Grunzen durch das Gewölbe.

»Was ist denn das schon wieder?«, schrie Sandro gegen den Lärm an. Obwohl wir beide die Geräusche nur zu gut kannten.

Der Professor löschte sofort die Taschenlampe, sodass wir im Dunkeln standen. Jetzt sahen wir auch die Lichtstrahlen, die aus einigen Löchern in den Gewölbewänden drangen. Darin zeichneten sich die Schatten hunderter Ratten und Lurche ab. Die Löcher führten alle in einen höher gelegenen Gang, durch den die Tiere laut fiepend und quakend rannten.

»Sie suchen uns«, flüsterte Professor Kolossos.

»Warum sollten sie das denn tun? Sie gehorchen doch Ihnen«, sagte die Prinzessin.

Ich fühlte, wie mich die Furcht packte. Wir standen mitten im Gewölbe und waren für jeden sichtbar, der eine Lampe auf uns richtete. Außerdem wusste ich, dass Ratten und Lurche sehr gut riechen konnten und so ihre Beute auch im Dunkeln fanden.

»Herr Professor, können wir uns hier irgendwo verstecken?«, fragte ich atemlos.

»Ja. Kommt schnell!«, antwortete er und lief voraus.

»Hier herunter«, zischte der Professor und ich wäre beinahe in ein Loch gefallen, das sich vor uns im Boden öffnete. Ich beugte mich hinab und ertastete eine Luke aus Holz, mit der man das Loch zuklappen konnte. Als wir alle hinuntergesprungen waren, zog der Professor den Lukendeckel zu. Dann knipste er die Taschenlampe wieder an. Wir hockten in einem engen, niedrigen Raum. Wie gut, dass niemand von uns Platzangst hatte. Derjenige wäre jetzt verloren gewesen.

Plötzlich bebte der Lukendeckel unter hunderten von rennenden und hüpfenden Füßen. Die Meute war genau über uns. Wir hielten die Luft an und hofften, nicht entdeckt zu werden.

»Ich weiß, dass ihr hier seid«, dröhnte plötzlich eine dunkle Stimme durch den kleinen Raum. Erschrocken schauten wir uns um. Woher kam die Stimme?

»Hier muss es irgendwo einen Lautsprecher geben. Was geht hier vor?«, fragte die Prinzessin.

Wir starrten alle drei den Professor an: Er hatte uns reingelegt! Er hatte uns hierhergelockt, in ein kleines Erdloch in einem unterirdischen, halb verfallenen Gewölbe, von dem niemand wusste. Aber warum hatte er das getan? Wir waren doch sowieso schon seine Gefangenen gewesen.

›Er ist verrückt‹, dachte ich. ›Er ist einfach völlig durchgeknallt und nichts, was er tut, macht irgendeinen Sinn.‹

Wir mussten unbedingt von hier verschwinden. Sofort.

»Es ist wohl an der Zeit, dass ich euch die Wahrheit sage«, begann der Professor.

»Also doch!«, rief ich. »Sie haben uns die ganze Zeit etwas verschwiegen.«

»Erzählen Sie uns das später«, sagte Sandro. »Jetzt sollten wir unbedingt hier weg.«

»Das habe ich auch gerade gedacht«, sagte die Prinzessin, stand auf und streckte die Hand nach dem Griff an der Luke aus.

»Wartet!«, rief der Professor. Seine Stimme überschlug sich fast. »Ihr müsst mir erst zuhören. Konzentriert euch auf meine Worte, damit ihr seine Stimme nicht hört«, beschwor er uns. »Ich hatte gehofft, es gäbe ihn nicht mehr. Aber er ist noch da und er hat gewaltige Kräfte. Er manipuliert uns, und wenn wir nicht dagegen ankämpfen, wird er gewinnen. Und das wäre schrecklich.«

»Wer denn, verrumpelter Ömmler! Jetzt sagen Sie uns doch endlich, was hier los ist!«, rief die Prinzessin und holte tief Luft.

Der Sauerstoff in dem Erdloch wurde langsam, aber sicher knapp. Lange konnten wir uns hier sowieso nicht mehr verstecken. Trotzdem hockten wir uns erst einmal wieder hin und hörten dem Professor zu.

»In dem Biotechnischen Institut in Amerika … da …«

»Was war denn da?«, drängte Sandro den Professor, der mit sich zu ringen schien.

»Jetzt sagen Sie es doch einfach!«, forderte die Prinzessin ihn auf.

»Wir experimentierten nicht nur mit Kühen und Ratten, sondern mit noch einem anderen Wesen. Archäologen hatten in Mittelamerika ganz ungewöhnliche Dinosaurierknochen ausgegraben und aus denen … Unsere Neugier war einfach zu groß«, sagte der Professor und klang irgendwie trotzig.

Ich hatte genug gehört.

»Der Monsterlurch! Sie klonten den Monsterlurch, nicht wahr?«, schrie ich und hustete. Ich sprang auf und wollte die Klappe öffnen. Ich wollte nur noch aus diesem Loch heraus. Auf eine weitere Begegnung mit diesem ekelhaften Lurch-Klon konnte ich verzichten. Aber der Professor hielt mich fest.

»Nicht! Er ist sehr gefährlich. Er kann in eure Köpfe eindringen und euch seine Gedanken denken und seine Gefühle fühlen lassen.«

»Das ist ja gruselig«, sagte ich.

»Das ist gefährlicher als jede andere Waffe«, sagte Sandro.

»Er will, dass wir herauskommen. Ich kann ihn in meinem Kopf hören«, jammerte die Prinzessin und hielt sich die Ohren zu.

»Warum kann uns ein Lurch manipulieren?«, fragte Sandro.

»Er ist nicht einfach nur ein großer Lurch. Er nennt sich Hunabku Kaudata und behauptet, ein Gott zu sein.«

»Grünwarziger Schimmelekling«, flüsterte die Prinzessin.

»Das ist albern«, sagte Sandro. »Hunabku ist der Hochgott der Mayas und Kaudata heißt einfach nur Schwanzlurch.«

»Kaudata ist nicht albern. Ihr dürft ihn nicht unterschätzen. Seine Kraft ist übermächtig, glaubt mir. Er brachte mich dazu, dass ich der Herrscher der Welt werden wollte. Wir entwickelten gemeinsam den Plan für all dieses hier.«

»Und auf einmal wollen Sie nicht mehr Herrscher der Welt werden? Jetzt, wo der Plan fast gelungen ist?«, fragte die Prinzessin skeptisch.

Plötzlich bebte der Lukendeckel erneut unter hunderten Füßen und Pfoten.

»Kommt heraus! Versteckt euch nicht länger! Es hat sowieso keinen Sinn«, dröhnte die Stimme in meinem Kopf und ich sah, dass die Prinzessin wieder die Hände auf ihre Ohren presste. Der Wunsch, die Luke zu öffnen, wurde übermächtig. Sandro stand entschlossen auf.

»Sandro, nicht!«, rief der Professor. Aber Sandro hörte nicht auf ihn und versuchte panisch, den Lukendeckel nach oben zu drücken.

»Entschuldige bitte, Sandro, aber ich muss das jetzt tun«, sagte ich, sprang auf und legte ihn mit einem gezielten Hapkido-Griff auf den Boden. Er versuchte sich zu wehren und laut zu schreien, aber die Prinzessin hielt ihm den Mund zu, während ich ihn nicht aus dem Griff ließ. Schließlich beruhigte er sich wieder und ich konnte ihn loslassen.

»Kinder, wir haben eine Chance«, sagte Professor Kolossos. »Letzte Woche trank ich aus Versehen eine ganze Kanne Tee mit ›Kinderglück‹. Plötzlich erkannte ich, dass der Plan, den wir verfolgten, gar nichts mit meinen ursprünglichen Ideen zu tun hatte. Ich merkte, dass Kaudata mich kontrollierte. Natürlich war ich wütend auf die Welt und hatte Rache geschworen. Aber eigentlich wollte ich mich rächen, indem ich besser werden wollte als die anderen. Ich wollte die Menschen zwar beschämen, aber nicht töten. Kaudatas Zorn jedoch ist unversöhnlich und seine Rachsucht unermesslich. Er will die Menschheit dafür strafen, dass sie ihn vergessen hat und sich anderen Gottheiten zuwandte, mit deren Hilfe sie sich ein besseres Leben erwartete. Götter werden sehr böse, wenn man sie vergisst. Und niemand erinnert sich heute noch an Hunabku Kaudata. In keiner Forschungsschrift über die Götter der Maya taucht sein Name auf. Nie wurde ein Wandgemälde in den Ruinen der Tempel und Paläste gefunden, das ihn zeigt. Kaudatas Racheplan ist deswegen umso vernichtender. Vielleicht habt ihr schon davon gehört: Am 21. Dezember 2012 endet der Kalender des alten Mayavolkes nach 5125 Jahren Zählung. An diesem Tag soll der Legende nach die Welt, so wie sie ist, untergehen. Danach soll eine neue Zählung und somit ein neues Zeitalter beginnen. Kaudata will die Welt untergehen lassen, aber die Kinder retten. Er denkt, dass er die Kinder leicht beeinflussen kann. Er will sie zu seinem neuen unterwürfigen Volk machen und sich von ihnen anbeten und bedienen lassen. Mich benutzte er nur für seine Zwecke. Ich selber hatte doch nie vorgehabt, ein Straflager für Kinder aufzubauen. Eigentlich wollte ich mit einigen Kindern einen kleinen Staat gründen, einen Kinderstaat, in dem das Gute zählt, irgendwo auf einer schönen Insel.«

»Ha!«, machte Sandro. »Und das wollten Sie mit Gewalt und Zwang erreichen? Ist ja lächerlich. Sie haben echt nicht mehr alle Tassen im Schrank. Genauso wie dieser Kaudata.« Der Professor lächelte traurig. »Außerdem«, fuhr Sandro verärgert fort, »braucht ein wahrer Gott keine Hilfe von einem verrückten Wissenschaftler. Ich glaube, Kaudata ist in Wahrheit gar nicht göttlich, sondern nur eine seltsame Mutation eines stinknormalen urzeitlichen Lurchs …«

»Wir vertrödeln hier unsere Zeit mit dem Rumgequatsche«, unterbrach ich die beiden. »Herr Professor, was meinen Sie mit Chance? Wie kommen wir hier wieder raus?«

»Das ›Kinderglück‹! Ihr müsst eine Überdosis nehmen, damit Kaudata nicht mehr in eure Köpfe eindringen kann!«, rief der Professor.

Professor Kolossos zog drei Fläschchen aus seiner Tasche. »Ihr wisst, dass es euch die Sinne verwirren wird und dass ihr euch sehr wohlfühlen werdet. Doch dieses Gefühl ist leichter zu bekämpfen als die telepathische Kraft von Hunabku Kaudata.«

»Sie verlangen also, dass wir Ihnen vertrauen? Nach allem, was Sie uns angetan haben?«, fragte Sandro.

»Ich verlange kein Vertrauen von euch. Ich erbitte es«, sagte der Professor.

Und da nahm ich ein Fläschchen und schüttete mir den gesamten Inhalt in den Mund.

Kaudata

»Professor Kolossos, sie sind ein richtig süßer kleiner Weihnachtsmann«, kicherte Sandro.

Er und die Prinzessin hatten es mir gleichgetan und ebenfalls den Inhalt eines ganzen Fläschchens geschluckt. Die Überdosis tat sofort ihre Wirkung. Auch ich spürte, wie sich eine angenehme Wärme und Zufriedenheit wie eine Welle in mir ausbreitete. Aber dieses Mal war ich vorbereitet. Ich hatte mich darauf eingestellt und versuchte, einen klaren Kopf zu bewahren. Die Prinzessin und ich waren zuerst aus dem Loch gestiegen. Dann reichten wir den anderen beiden die Hand und zogen sie heraus. Als der zerzauste weiße Haarschopf des Professors und sein verstrubbelter Bart am Rand der Luke erschienen, musste die Prinzessin auch lachen.

»Versucht doch wenigstens ein bisschen leiser zu sein«, beschwor Professor Kolossos die beiden und knipste die Taschenlampe wieder aus. Doch die Warnung kam zu spät.

»Na endlich«, dröhnte plötzlich die seltsame Stimme in meinem Kopf.

Wie ferngesteuert drehten wir uns alle gleichzeitig um. Wir konnten gar nichts dagegen tun. Und da sahen wir ihn: Hoch aufgerichtet, der schimmernde Lurchleib halb unter einem Umhang verborgen, die gelben schlitzartigen Pupillen auf uns geheftet, den breiten lippenlosen Mund zu einem hässlichen Grinsen verzogen, stand er da – Hunabku Kaudata. Er war mindestens zwei Meter groß und umgeben von einem Gefolge von hunderten von Ratten und Lurchen. Er stand zwischen ihnen wie in einem Meer aus pelzigen und schleimigen Wogen. Er sah sogar ein bisschen göttlich aus. Auf alle Fälle aber sehr majestätisch. Und er stand genau vor dem Eingang zum Kanal.

»Was für Dummköpfe ihr doch seid! Ihr dachtet wohl, ihr könntet mich besiegen«, dröhnte es in unseren Köpfen.

Ich fühlte mich so von Kaudatas Stimme angezogen, dass ich sofort zu ihm gehen wollte. Es war kaum auszuhalten.

»Er ist einfach nur ein blöder Riesensalamander«, gluckste Sandro. »Kommt, wir gucken uns den mal aus der Nähe an.«

Sandro wollte schon loslaufen. Doch die Prinzessin hielt ihn fest an der Hand.

»Bleib hier, Sandro. Wir gehen jetzt nach Hause, okay? Zurück nach oben in die Sonne und zu unseren Eltern.«

»Ja, das wollen wir. Ganz unbedingt wollen wir das«, sagte Sandro und nahm auch meine Hand.

»Wir müssen jetzt zusammenhalten«, flüsterte ich.

»Aber wie kommen wir an dem Kerl und seinem Ratten- und Lurchgefolge vorbei?«, wisperte die Prinzessin.

»Ich habe nicht die geringste Ahnung«, erwiderte ich leise.

Also blieben wir erst einmal stehen. Selbst das war anstrengend. Denn trotz des »Kinderglücks« verspürten wir den Wunsch, alles zu tun, was Kaudata von uns wollte. Und er wollte, dass wir zu ihm kamen.

»Konzentriert euch auf etwas anderes«, sagte Sandro.

»Eiscreme«, murmelte ich, »ich hätte riesige Lust auf Waldmeistereiscreme.«

»Lecker«, flüsterte die Prinzessin, »mit Himbeeren.«

»Und Sahne.«

»Zuckerstreusel, aber die bunten.«

»Genau, die kleinen runden und die länglichen.«

»Und die bunten Herzen.«

»Aber nicht nur die aus Zucker, auch die aus Schokolade.«

»Aber nur Vollmilch.«

»Und mit dicken Käfern«, sagte der Professor da plötzlich hinter uns. »Mit getrockneten dicken Brummern, die so schön knacken beim Draufbeißen.«

»Igitt«, machte die Prinzessin. »Wie können Sie so etwas sagen? Wir waren gerade so schön dabei, uns abzulenken.«

»Ich glaube, wir sollten nicht uns, sondern besser ihn ablenken«, flüsterte er zurück. »Denkt an etwas, was ein Lurch gerne isst.«

Da verstand ich, worauf der Professor hinauswollte. Wenn Kaudata in unserem Kopf herumwandern und unsere Gedanken beeinflussen konnte, dann funktionierte das vielleicht auch andersherum. Wir mussten uns nur darauf konzentrieren.

»Knusprige Käfer sind toll«, sagte ich. »Aber noch besser schmecken sie mit Schneckenschleim.«

»Mit Schneckenschleim? Oh Himmel, wie eklig!«, flüsterte die Prinzessin.

»Los, mach mit!«, beschwor ich sie. »Und stell dir die Dinge genau vor.«

»Ich bevorzuge dicke schwarze Kakerlaken mit extralangen Fühlern«, sagte Sandro.

»Oder Kellerasseln«, versuchte es die Prinzessin.

»Kellerasseln sind wunderbar, aber nur die ganz großen.«

»Und Spinnen.«

»Jawohl, Spinnen. Große, haarige Spinnen mit ganz langen Beinen.«

»Gekochte Kellerasseln mit Spinnenbrusthaaren«, warf ich ein.

»Leckerschmecker«, sagte Sandro. »Oder ein Schneckensüppchen. Aus fetten Nacktschnecken, am besten aus den roten, den schwarzen und den köstlichen getigerten.«

»Oh ja!«, schwärmte die Prinzessin. »Und darüber geröstete Bettwanzen.«

»Und kandierte Flöhe.«

»Und Schabengrütze mit getrocknetem Froschschleim.«

»Einfach superlecker.«

»Ach, und Regenwurm-Spaghetti.«

»Mit Blutegelsoße!«

»Wunderbar.«

»Dann gegrillte Kreuzspinnenbrüstchen mit Kartoffelkäferpüree.«

»Zum Abschluss vielleicht marinierte Maden.«

»Und eine Nachtmottenmousse.«

Es lief wie von selbst und plötzlich machte es uns richtig Spaß. Das lag aber sicher am »Kinderglück«, denn es war eigentlich nicht der richtige Augenblick, um Spaß zu haben.

Plötzlich schnellte Kaudatas lange Zunge hervor. Bevor wir

noch etwas sagen konnten, verschwand eins der vielen herumkrabbelnden Insekten in seinem Maul.

»Super, es klappt tatsächlich. Er ist total abgelenkt«, flüsterte der Professor und stieß plötzlich einen hohen Pfiff aus.

Da ging ein Ruck durch die Ratten und Lurche, und ehe der riesige Lurchmann sich's versah, rannte sein Gefolge einfach weg. Um ihn herum stand nur noch ein kläglicher Rest seiner Getreuen.

»Ha! Wer sagt es denn«, machte Professor Kolossos zufrieden. »Immerhin habe ich sie alle dressiert. Die werden sich jetzt so lange verstecken, bis ich Entwarnung gebe.«

Wir hielten uns an den Händen fest und stellten uns weiterhin die ekligsten Insektengerichte vor, während wir langsam auf den Riesenlurch zugingen. Immer wieder schnellte seine lange klebrige Zunge aus seinem Maul. Manchmal zappelte dann irgendetwas darauf. Manchmal knackte es, wenn er kaute. Schleim lief ihm aus den Mundwinkeln.

»So, jetzt bin ich gleich satt«, hallte Kaudatas Stimme in unseren Köpfen. »Und dann, ihr dummen Kinder? Habt ihr wirklich geglaubt, ihr könntet einen Gott besiegen? Es war ein nettes kleines Spiel, aber jetzt hat es sich ausgespielt. Ha, ha, ha!«

»Verdammt«, flüsterte Professor Kolossos.

Hunabku Kaudata stand jetzt noch ungefähr sieben Meter von uns entfernt. Zwölf Lurche und Molche in Gummijacken standen noch bei ihm. Und eine fette Unke. Der Eingang zum Kanal lag etwa drei Meter hinter ihnen.

Da hatte ich eine Idee. Ich wusste, dass Lurche nur Sachen sehen können, die sich bewegen. Wenn es mir gelang, unauffällig an ihn heranzuschleichen, konnte ich ihn vielleicht überwältigen. Auch wenn er vielleicht ein Gott war.

»Professor, tauschen Sie mit mir langsam den Platz«, flüsterte ich. »Und dann macht einfach weiter. Erzählt ihm irgendetwas, aber lenkt ihn ab. Wenn ihr mich schreien hört, dann blendet die anderen Lurche mit der Taschenlampe und rennt zum Ausgang.«

Der Professor stellte sich neben Sandro und ich glitt hinter ihm nach unten.

»Puh, ganz schön heiß ist es hier«, jammerte die Prinzessin.

»Und so trocken«, sagte Sandro, während das Wasser um uns rauschte und tropfte.

»Trocken wie in der Wüste Gobi.«

»Und heiß wie im Death Valley. Das ist der heißeste Ort der Erde.«

Der Professor wischte sich mit einem großen Tuch über die Stirn. »Nicht zum Aushalten, diese Hitze«, stöhnte er.

»Niedlich seid ihr«, dröhnte es in unseren Köpfen, »sehr niedlich. Wirklich ein netter Versuch.«

Aber während ich mich Zentimeter für Zentimeter über den steinigen Boden vorwärtsschob, sah ich, dass Kaudata in großen Mengen Wasser und Schleim absonderte. Aus seinem Umhang tropfte es und es hatten sich schon kleine Lachen und Pfützen um Kaudatas warzige Füße gebildet. Ein sicheres Zeichen dafür, dass er schnell einmal unter Wasser tauchen musste, wie alle Lurche das immer wieder tun müssen.

›Pass auf, Kurt‹, ermahnte ich mich und versuchte, gegen die Wirkung des »Kinderglücks« anzukämpfen. ›Werde jetzt nicht nachlässig und unvorsichtig. Unterschätze nicht die Kraft deines Gegners, konzentriere dich!‹

Dann richtete ich mich auf. Wirbel für Wirbel, wie eine Schlange. Als ich genau vor Kaudata stand, hatte er mich noch immer nicht bemerkt. Ich atmete tief ein und bereitete mich vor.

»KIAP!!!«, schrie ich und sprang mit beiden Füßen gegen Kaudatas Unterschenkel.

Der riesige Salamander knickte ein und ich schlug ihm mit einem gezielten Hieb gegen die Schläfe. Oder besser gesagt neben die Augen. Vielleicht könnt ihr das jetzt nicht glauben, aber es ist alles eine Frage der Technik. Je besser man eine Technik beherrscht, desto weniger Kraft braucht man dafür. Im selben Moment schaltete der Professor seine Taschenlampe an. Er hatte so eine mit mindestens vierzig LED-Lämpchen und damit blendete er die anderen Lurche und Molche und die Unke. Wir rannten an ihnen vorbei in den Kanaltunnel hinein. Plötzlich hörten wir ein schreckliches Gezeter. Als wir uns im Laufen umdrehten, sahen wir die alte Lurchfrau auf den am Boden liegenden Kaudata zustürzen.

»Sie ist seine Amme gewesen«, schnaufte der Professor hinter uns.

Ich weiß nicht, ob wir es wirklich geschafft hätten, vor Kaudata zu fliehen. Doch glücklicherweise kam uns der Zufall zu Hilfe. Und zwar in Gestalt einer Straßenbahn, die über den Williplatz fuhr. Nachdem ihr Dröhnen verhallt war, gab es ein seltsames Knacken. Es klang leise und trocken, als wäre jemand auf ein kleines Stöckchen getreten. Dann krachte und wackelte alles: der Boden, die Decke, die Wände. Wir kauerten uns in eine Nische, damit uns keine herabfallenden Steine trafen. Dort hockten wir und konnten nichts anderes tun als abwarten.

Irgendwann war alles vorbei. Wir husteten und wischten uns den Staub aus den Augen. Über uns leuchteten die Sterne.

Der ganze Williplatz war eingestürzt. Einfach so. Keiner konnte sich einen Reim darauf machen. Verletzt wurde zum Glück niemand. So stand es zumindest in den Zeitungen. Aber die können ja nicht alles wissen. Die Stadt wollte den Platz sowieso umgestalten. Jetzt hatte sie einen guten Grund dafür.

Doch ein Gott?

Eigentlich ist die Geschichte nun erzählt, wie die Prinzessin, Sandro und ich letzten Donnerstag die Welt retteten. Was jetzt noch fehlt, ist das Aufräumen. Aufräumen ist aber langweilig, oder?

Für alle, die gerne vom Aufräumen hören, kommt hier noch ein letztes Kapitel. Wer das nicht lesen möchte, kann ja das Buch zuschlagen und stattdessen ein Erdbeermarmeladebrot essen.

Obwohl – eine spannende Sache gab es noch. Eine verdammt spannende sogar.

Wir kletterten aus dem Loch und schauten uns um. Niemand hatte uns bemerkt. Es war mitten in der Nacht und nur langsam kamen einige wenige Leute zum Platz gelaufen, um zu schauen, was passiert war. Von Weitem konnten wir die Martinshörner der Feuerwehr hören.

Wir liefen nach Hause und aßen und tranken, bis uns fast die Bäuche platzten. Später saßen wir frisch geduscht und in sauberer Kleidung im Wohnzimmer auf dem Sofa. Professor Kolossos trug eine alte Jeans und ein T-Shirt von mir. Er sah aus wie ein kleiner Zwerg im Urlaub.

Natürlich war klar, dass wir ganz schnell etwas unternehmen mussten. Niemand durfte irgendetwas von dem entdecken, was Professor Kolossos unter der alten Fabrik aufgebaut hatte. Wir schlichen noch einmal zum eingestürzten Williplatz zurück und leuchteten in die riesige Grube. Von Kaudata, seiner Amme und den Lurchen war nichts zu sehen. Auch keiner der Rattenmänner ließ sich blicken. Ob sie verschüttet worden waren oder entkommen konnten, das wissen wir nicht. Der Zugang zum Bunkerbereich war komplett verschüttet und nichts wies darauf hin, dass es außer der großen Grube noch irgendwelche unterirdischen Räume gab.

Am nächsten Tag bestand der Professor darauf, alleine durch den Erdtunnel in sein ehemaliges Reich zu klettern. Wir wollten unbedingt mitkommen. Aber er ließ sich nicht dazu überreden.

»Kinder, ihr bleibt hier und ruht euch aus. Ich muss das alleine wieder geradebiegen. Außerdem brauche ich hier oben Beobachter, die darauf achten, dass alles wieder in die Reihe kommt.«

Wir brachten ihn gemeinsam zum Erdloch in der Baugrube. Als wir ihn verabschiedeten, hatte ich einen dicken Kloß im Hals. Wohin er gehen wird, wissen wir nicht. Er hatte nur gesagt, dass er fortgehen würde. Und er hat wohl seine dressierten Ratten und Lurche mitgenommen, denn die waren plötzlich aus der Stadt verschwunden. Genauso wie die Rattenmänner.

Zuhause setzten wir uns ans Fenster. Wir wollten nichts verpassen.

Der Professor wollte in der Kanalisation die Kanister mit dem »Elternglück« für einen Tag mit dem Mittel »Vergiss mich« austauschen. Danach sollte das Trinkwasser wieder frisch und rein sein. Uns hatte er freigestellt, ob wir an diesem Tag aus dem Wasserhahn oder aus einer Sprudelflasche trinken wollten.

»Schrumpliger Knauzerich!«, hatte die Prinzessin geschimpft. »Niemals wollen wir Sie vergessen! Was denken Sie denn!?«

»Danke, dass ihr mir verzeiht«, antwortete der Professor gerührt und hatte sogar Tränen in den Augen. Dann umarmte er jeden von uns.

An diesem Tag passierte noch nicht viel. Aber am nächsten. Langsam trudelten alle Eltern wieder ein. Die Kinder schleppten ihr Hab und Gut aus der Schule und gingen nach Hause. Plötzlich waren in den Straßen wieder viele Autos unterwegs. Sie kamen alle zurück. Ein seltsames Schweigen lag in der Luft. Die Erwachsenen liefen mit staunenden Gesichtern herum und fassten sich immer wieder an die schmerzenden Köpfe.

Heute ist Montagmorgen und ich sitze im Klassenraum auf meinem Stuhl. Gegenüber spitzt die Prinzessin ihre Stifte und zwinkert mir zu. Frau Müller trägt wieder die Frisur, die sie abnehmen könnte, wenn sie wollte. Das will sie aber nicht mehr. Die anderen in unserer Klasse sehen aus, als seien sie gerade erst aus einem langen Traum erwacht. Manchmal schaut sich einer von ihnen um und tausend Fragen stehen auf seiner Stirn geschrieben. Aber wenn derjenige den Blicken eines anderen begegnet, findet er dort auch nur Fragen und keine Antworten.

Sie könnten uns fragen. Wir könnten ihnen die ganze Geschichte erzählen. Vom Anfang bis zum Ende. Aber sie fragen uns nicht.

PS 1:
Ich hatte euch ja versprochen, noch etwas sehr Spannendes zu erzählen. Heute Morgen kam eine E-Mail von Mama aus Belize.

Mein liebster Kurt,
ich hoffe, es geht Dir, Oma und Papa gut. Ganz lange war hier das gesamte Computersystem zusammengebrochen. Aber jetzt kann ich Dir wieder eine kurze Mail schreiben.
Unsere Ausgrabungen waren ein voller Erfolg. Du glaubst nicht, was wir gefunden haben! In einer Tempelanlage haben wir unglaubliche Wandzeichnungen entdeckt, die von einer unbekannten Gottheit der Maya zu erzählen scheinen. Im Anhang habe ich ein Bild mitgeschickt. Es ist alles sehr geheimnisvoll.
Am Mittwoch komme ich wieder nach Hause. Ich habe Dir eine Menge zu erzählen. Es wird spannend!
Mein lieber Schatz, ich schicke Dir einen dicken Kuss,
Deine Mama.

Dann drückte ich auf das Anhang-Zeichen. Es dauerte eine Weile, bis sich das Bild aufgebaut hatte. Mama vergisst immer, dass man die Bilder auch kleiner machen kann, wenn man sie per E-Mail verschicken will. Aber dann füllte es meinen Bildschirm: das Foto einer jahrtausendealten Wandzeichnung. Sie war ziemlich blass und auch nicht vollständig. Verschiedene Stellen waren auf der Zeichnung gar nicht mehr vorhanden, weil Stücke vom Fels abgebröckelt waren. Aber ich konnte ihn ganz genau erkennen: Hunabku Kaudata!

PS 2:
Hier kommt noch der Witz, den uns die Prinzessin erzählte, als wir zusammen in unserer Gefangenenzelle saßen (sie hätte also einen gewusst, wenn sie mit uns zusammen in das Erdloch gekrochen wäre):

Schlängeln sich zwei Schlangen einen Weg entlang.

Sagt die eine: »Du, sind wir eigentlich Giftschlangen?«

»Ich weiß es nicht«, antwortet die andere. »Warum fragst du?«

»Weil ich mir eben auf die Zunge gebissen habe.«

Inhaltsverzeichnis